映画 刀剣乱舞

TOUKENRANBU

THE MOVIE

公式シナリオブック

原　案

「刀剣乱舞-ONLINE-」より
（DMM GAMES/Nitroplus）

脚本

小林靖子

監督

耶雲哉治

登場人物

三日月宗近《みかづきむねちか》　鈴木拡樹

山姥切国広《やまんばぎりくにひろ》　荒牧慶彦

薬研藤四郎《やげんとうしろう》　北村諒

へし切《きり》長谷部《はせべ》　和田雅成

日本号《にほんごう》　岩永洋昭

骨喰《ほねばみ》藤四郎《とうしろう》　定本楓馬

不動《ふどう》行光《ゆきみつ》　椎名鯛造

鶯《うぐいす》丸《まる》　廣瀬智紀

大太刀《おおたち》　阿見201
無銘《めい》／倶利伽羅江《くりからごう》　土屋神葉
武将1（秀吉軍）　高橋麻琴
武将2（明智軍）　虫狩愉司
武　将（秀吉軍）　大野タカシ
幼い審神者《さにわ》　田中乃愛

明智左馬助《さまのすけ》　渋谷正次
森　蘭丸　西井幸人
明智光秀　嶋村太一
審神者《さにわ》　堀内正美
羽柴秀吉　八嶋智人
織田信長　山本耕史

このシナリオは「映画刀剣乱舞」の脚本に基づいています。
脚本の表現と本編の演出に差異のある箇所もあります。

映画 刀剣乱舞

TOUKENRANBU

THE MOVIE

物が語る故《ゆえ》、物語。
ある本丸の刀剣男士たちによる
これもまた、ひとつの物語。

本能寺・全景（未明）

テロップ『天正十年六月二日　京 本能寺』

同・寝所

信長が褥《しとね》の上で体を起こす。

信長「……」

微《かす》かに聞こえる物音。

信長はおもむろに立ち上がり、廊下側の障子を勢いよく開け放つ。

と――あちこちで上がっている火の手。

信長「……！」

そこへ駆けつけてくる蘭丸。

蘭丸「殿！」

信長「何ごとじゃ」

蘭丸「は……明智日向守《ひゅうがのかみ》、ご謀反！」

信長「！」

本丸・主の部屋

下ろされた御簾《みす》の前で、三日月宗近が小さくハッとして顔を上げる。

三日月　「本能寺……」

審神者　「ああ……」

御簾の向こうに座っている審神者（初老の男性、胸にペンダント）。

審神者　「明智光秀が織田信長を弑逆《しいぎゃく》した本能寺の変……。そこから信長を逃がし、歴史を変える。それが――」

×　　×　　×

武将や兵を従え、篝火《かがりび》に照らされる明智光秀の顔。

兵たちが敷地内に走り込んでいる。

本能寺

黒い霧は濃くなっている。

その中に、見え始める時間遡行軍《そこうぐん》の影。

審神者の声　「時間遡行軍の狙いだ」

中心にいる大太刀。その隣には無銘（顔に仮面）。

大太刀の目が光る。

本丸・主の部屋

審神者　「三日月、度々ですまんが行ってくれ。
信長は正しく死ななければならない」
一瞬目の合った三日月が会釈する。
三日月　「ああ、このじじいでよければ。して、編成は……と言いたいところだが、
今はほとんど遠征中だったな」
審神者　「場所が場所だけに、行かせたくない者もいるのだが」
三日月　「主《あるじ》、みなこれが初陣ではない。気遣いは無用だ」
審神者　「編成は次の通り。第一部隊隊長、三日月宗近、以下——」

同・道

三日月と以下の刀剣男士たちがやってくる。
審神者の声　「山姥切国広、へし切長谷部、薬研藤四郎、不動行光、日本号」

出陣の祠

三日月たち六人が立つ。
祠《ほこら》の中央に、大きな水晶がある。
三日月　「時は天正十年六月二日、京、本能寺」
水晶の中で、スノードームのように桜吹雪が舞い、
それが外へ溢れ出すと、小さな水晶が現れる。
三日月はじめ、一同の手に、それぞれの水晶が引き寄せられる。
三日月　「いざ、出陣！」

桜吹雪がさらに激しくなり、刀剣男士たちを覆い隠していく。

N《ナレーション》「西暦二二〇五年、歴史の改変を目論《もくろ》む歴史修正主義者によって、
過去への攻撃が始まった。
時の政府はそれを阻止するため審神者なる者に歴史の守護役を命ずる」

× × ×

結界に覆われている本丸全景から――
御簾の向こうにいる審神者。
ペンダントの石が光る。

N「審神者とは、物の心を励起《れいき》し目覚めさせる技を持つ者のことである。
そして――」

× × ×

各刀剣と、それに重なる刀剣男士たちのイメージ――

N「審神者は、かつて精神と技を込めてつくられた刀剣を
人の形に目覚めさせた。
歴史修正主義者が送り込む時間遡行軍と戦い、歴史を守るために。
これは、刀剣から生まれた『刀剣男士』たちによる
新たなひとつの物語である」

タイトル

本能寺・寝所の前庭

信長と蘭丸が縁側に出て、襲いくる兵と戦っている。

信長　「光秀めが……！」

一人の兵を槍で貫くと、面白げな表情を見せる信長。

信長　「まったくもって一寸先はわからぬ。のぅ、蘭丸！」

蘭丸　「……は！」

同・寝所近く

侵入してくる明智左馬助の隊が、織田の兵を斬って進む。

左馬助　「女、茶坊主に構うな！　狙うは信長が首ひとつ！」

その時、赤い雷が落ちる。前方に現れる一軍。時間遡行軍。

いきなり先頭の明智兵を斬り捨てる。

左馬助　「!?　その方ら……織田の兵ではないな、何やつ！」

時間遡行軍は答えず、ひたすら明智兵を攻撃。

左馬助　「おのれ……！」

その時、時間遡行軍が突然吹っ飛ぶ。

立っているのは日本号、長谷部、不動。

遡行軍　「！」

長谷部　「時間遡行軍、ここは引いてもらうぞ」
日本号　「引かねえと、このお兄さん怖いぜ」
　と時間遡行軍兵二人を槍で貫く。
日本号　「俺も優しいほうじゃねえが」
不動　「どっちでもいいじゃねえか。早く終わらせようぜ。・・・ひっく」
　三人は時間遡行軍を次々と斬り伏せていく。

同・前

左馬助　「信長はどこだ！　いたか？　どこだ、どこだ！　捜せ！」
　焦《じ》れている光秀。
光秀　「まだか……。中はどうなっている！」
　塀の上から光秀を目指して刀を抜く何者か。
　と、横合いから飛び出した薬研が体当たりで、その何者かを塀の向こうへ押しやる。

×　×　×

　塀の外では、薬研が体当たりした相手と対峙《たいじ》している。
　相手は時間遡行軍の無銘。
薬研　「なるほど、ここで明智光秀を殺すのも、歴史改変としてアリってわけか」
　無銘は黙って薬研に斬りかかろうとする。

そこへ横合いから斬りつける山姥切。素早くよける無銘。

山姥切 「ほぅ、今のをよけるとはな。だが光秀のことは諦めてもらおう。ここで死なれては歴史が変わる！」

山姥切が打ちかかる。受ける無銘と、薬研、山姥切との戦闘。

同・寝所の前庭

信長と蘭丸が明智兵と戦い続けている。

信長 「……そろそろ潮時じゃ」

蘭丸 「殿！　今しばらく持ちこたえますれば、必ずや増援が――」

信長 「……！」

信長 「奥へ参る。明智の兵どもを近づけさせるな」

項垂《うなだ》れるように一礼する蘭丸。

信長は部屋へ入り、

信長 「大儀であった！」

と後ろ手に障子を閉める。

蘭丸 「殿……！」

くっと短刀を握った蘭丸は、気合と共に、再び兵に斬りかかる。

×　　×　　×

一方で、時間遡行軍と戦いながら来る日本号、長谷部、不動。

だが時間遡行軍の一部が、信長を追って建物内へ入っていく。

不動「！　時間遡行軍が……！」
長谷部「これでは信長を逃がされてしまう」
日本号「まずいな……！」
だが、その時、建物へ入った時間遡行軍が押し戻されてくる。
日本号たち「!?」
奥から出てくるのは三日月。
鋭い剣さばきで、時間遡行軍を庭へ追い落とす。
三日月「お前たち、ここは土足禁止だぞ」
確かにきちんと草履《ぞうり》を脱いでいる三日月。
長谷部「三日月……」
ちょっと脱力する三人。
三日月「ここを頼む。まだ中に入っていった時間遡行軍がいるようだ」
不動「俺も行く――」
と縁側に上がろうとする不動を三日月が制する。
三日月「お前たちはここを。よいな？」
特に不動に言い含めて奥へ。
不動「……」
その間に、傷口を押さえながら奥へ駆け出す蘭丸。
日本号「おい、今奥へ行ったのは」
長谷部「ああ、信長側近の森蘭丸……。歴史上はここで死ぬはずだ」
不動「……」

同・廊下

蘭丸が短刀を手に、明智勢に突っ込んでいく。

蘭丸「何としても殿を……！　この、不動行光にかけて……！」

しかし、明智勢の刀が一斉に振り下ろされる。

同・寝所の前庭

不動「……ごめん」

「ッ……！」と目を閉じる不動。

同・奥の間

煙が流れてきている中、入ってきた信長が中央に膝をつく。

信長「……」

その時、次の間の襖《ふすま》が左右に大きく開かれる。

開けたのは時間遡行軍。

信長「？　何やつ」

が、その瞬間、時間遡行軍の兵が飛ばされて消滅する。

信長「！」

背後にいる三日月。信長と時間遡行軍を隔てるように、

奥の間に背を向けて立ちはだかる。

三日月「まったく……。お前たちはどれだけこの老体を働かせる気だ」

と、刀を一閃《いっせん》。一体の時間遡行軍兵を斬り、左右の襖のまず左を閉める。
訝《いぶか》しく見る信長。

三日月「(信長に)少々御前を騒がせまするが、ご容赦を」
と、襲いかかる時間遡行軍を刀で押し戻す。

信長「その方……何者じゃ」
三日月は肩越しに信長に笑みを向ける。

三日月「あなた様はただなすべきことを」
と、もう一体斬って、右の襖に手をかける。

信長「(フッと)いらぬ差し出口じゃ。わしの天命なれば、わしが始末をつける」

三日月「……」
三日月は目で一礼すると、襖を閉める。
時間遡行軍が「!」と殺気立つ。

三日月「さて……。仕事をさせてもらおうか」
三日月が突っ込む。

同・塀の外

無銘と戦っている薬研と山姥切。
一撃を受けた無銘が壁に激突し、倒れ込む。
突然、本能寺の炎が大きく上がる。
はっと見る薬研と山姥切。

同・前庭

日本号、長谷部、不動が時間遡行軍、最後の兵を斬る。

同・奥の間

煙が入ってきている。
短刀を前に座っていた信長が目を開ける。

信長「織田信長、明智光秀が謀反により死ぬる、か……」
宙を睨《にら》みながら、怒りのような笑い。

信長「見たかったのう！　わし亡き後の右往左往を！　戦国の世の顛末を！
……さぞ、面白かろうな」
信長は短刀を手にし、抜く。

同・次の間

三日月が一閃させた刀を鞘に収める。
消滅する時間遡行軍兵たち。
火の手が上がり始める中、三日月は閉めた襖を振り返る。

同・少し離れた場所

薬研が、じっと燃える本堂を見つめている。

薬研　「これで歴史通り、あの中で信長さんが……」
側《そば》にいる日本号、長谷部、山姥切、不動。
そして三日月がやってくる。
三日月　「さぁ……戻ろうか」
全員が出陣の時に持った水晶を取り出すと、宙に投げる。
たちまち桜吹雪が巻き起こり、燃える本能寺を見つめつつ、
刀剣男士たちが消えていく。
三日月　「……」

少し離れた屋根の上

本能寺の炎が見える。
大太刀が黒い霧の中に消えていく。

本能寺・奥の間

炎が迫る中、短刀を突き立てようとする信長。
その姿を、落ちてくる炎の塊が隠す――

同・全景

燃える本能寺。
N　「天下統一を目前に、信長は本能寺の炎に消えた。その遺体は

骨ひとつ残すことなく灰となり、ついに発見されることはなかった。
そして、その一報は――」

秀吉の陣・中

伝令が走ってくる。

N 「中国攻めの最中にあった羽柴秀吉にももたらされた」

愕然《がくぜん》と床几《しょうぎ》から立ち上がろうとして尻餅をつく秀吉。

武将たち 「殿！」

秀吉 「お館様、が……。あの、お館様が……。う……」

同・外

陣幕内から秀吉の大きな泣き声が響き渡る。

同・中

秀吉が子供のように地面を転がって泣いている。

秀吉 「お館様～！　なぜじゃ、なぜじゃ！　ウソじゃと言うてくれ～！
うわぁぁ！」

涙と鼻水でぐちょぐちょ。

手がつけられず、ちょっと下がっている武将たち。

秀吉 「うぅ、もう……もう『猿』と呼んでくださらんのか……」

秀吉　仰向いてしゃくり上げる。
秀吉　「お館様ぁ……」
目の前に広がる青空。
秀吉　「……」
次の瞬間、ガバリと体を起こす。
素に戻った表情。
宙を見据える秀吉。
「フンッ」と手鼻をかむ。

本丸・全景

広がる青空。
本丸を結界が覆っている。
その内側に桜の花びらが舞っている。

出陣の祠

舞う桜の花びらと共に出現する三日月たち六人。
三日月がふと前を見る。
三日月　「鶯丸」
待っていた鶯丸がいる。
鶯丸　「無事の帰還、何よりだ」

一同の空気が緩む。
三日月　「留守居役もそろそろ飽きたのではないか？」
鶯丸　「いや、暇なのは性に合ってるさ。もっとも、今回は新しく顕現した男士がいてな。少々忙しかった」
　と振り返ると、骨喰藤四郎が控えていて、一礼する。
薬研　「！　骨喰兄さん……！」
三日月　「おお！　久しぶりだな」
骨喰　「……え？」
長谷部　「知り合いか？」
三日月　「（頷き）共に足利の宝剣として並んでいたことがあった。この薬研藤四郎とは同じ刀派の兄弟分となる、骨喰藤四郎だ」
　だが、骨喰は探るように三日月と薬研を見ている。
薬研　「？　兄さん、どうかしたのか」
鶯丸　「先に言うべきだったたな。彼は燃えて刀だった時の記憶がほとんどないんだ」
　三日月も骨喰を見る。
鶯丸　「まぁとにかく戻って、茶でも飲もう。
……不動、酒はいい加減にしないと、体に毒だぞ」
　不動はさっきから甘酒を口にしている。
不動　「堅いこと言うなって。・・・ひっく、仕事終わったんだしさ。祝い酒だよ、祝い酒」
　三日月が鶯丸にそっと首を振り、それ以上は言わない鶯丸。
　日本号が不動の肩に手を回して調子を合わせてやる。
日本号　「いいねぇ、酒ならいくらでも付き合うぜ」

不動　「お、さすが号ちゃん」
二人が先に石段を降り、三日月たちも続く。
三日月　「では、俺は主に首尾を報告してくるか。骨喰、また後でゆっくりな」
長谷部　「俺も行く。主に帰還の挨拶をしないのは失礼だ」
三日月　「いやいや、報告ならば一人で十分だ。それに主も堅苦しいのは嫌いだしな」
歩いていく三日月をムスッと見送る長谷部。
長谷部　「何だ、挨拶のどこが堅苦しい」
山姥切　「気にするな。俺たちがぞろぞろ顔並べても鬱陶《うっとう》しいだけだ」
と、長谷部を促していく。

本丸・主の部屋

三日月が御簾の前で手をつく。
三日月　「三日月宗近以下六名、ただいま戻った」
審神者　「ご苦労さま。みな無事で良かった」
三日月　「遠征に行っている者たちはまだ戻ってきていないようだな」
審神者　「ああ、手こずっているらしい」
三日月　「……」
審神者　「時間遡行軍がここまで立て続けに歴史介入してくることは初めてだ」
三日月　「何か狙いがあるのかもしれんな……」
審神者　「私もそれを考えていた。もし……と」
その言葉の調子に、三日月が審神者のペンダントに目をやる。

真ん中に、召還装置である石が嵌《は》まっている。

三日月　「……まさか……」

審神者　「……」

三日月　「……承知した。全て心得ておく、さあこのじじいに任せて、少し休め」

審神者　「お前はすぐじじい、じじいと言うが、私にはイヤミだぞ」

三日月　「ははは、いやすまんすまん。俺は刀だからな、この身なりだが千年以上ここに在る故、近頃は腰が……」

審神者　「嘘をつけ」

二人が笑い合う。

審神者　「……年寄りには年寄りのなすべきことがあるな、三日月」

三日月　「うむ……」

召還装置は静か。

同・庭・風景

同・広間

鶯丸の淹《い》れる茶を飲む長谷部、薬研、山姥切、骨喰。

日本号は不動と酒（と甘酒）を酌《く》み交わしている。

日本号　「なるほど。つまり、その薬研の兄貴は、江戸時代の大火事で焼けちまって、記憶がないというわけか」

鶯丸　「骨喰は、斬るマネをしただけで骨まで砕けると言われた名刀だったんだ」

薬研　「どうやら俺たち兄弟はそういう星の下にいるらしい」
骨喰　「お前も？」
薬研　「俺は信長さんの刀だった。本能寺の変で一緒に……」

×　×　×

イメージ──
炎の中の、信長に握られている短刀。

×　×　×

薬研　「兄さんほどじゃないが、俺もあの時の細かいことは覚えてない」
骨喰　「……」
不動　「いいんじゃないのか？　覚えてるほうがいいとは限らないって」
とごろりと横になり寝息を立てる。
日本号　「（骨喰に）まぁ、勘弁してやってくれ。この不動は元は、右府《うふ》様……信長様お気に入りの短刀だったんだ。本能寺への出陣はちょっとキツイもんが、な」
山姥切　「それでも使命は果たした。不動も成長したということだ」
薬研が上掛けを持ってきて不動にかけてやる。
骨喰　「みな、織田信長ゆかりなのか」
長谷部　「いや、（まあ）俺はさっさと下げ渡されたクチだけどな」
鶯丸　「まぁそう言うな」

長谷部は黙って茶を飲む。
山姥切「俺たちは物だ。物なりにいろいろ事情はある」
骨喰「……さっきの俺のことを知っていたのは？」
鶯丸「ああ、彼は三日月宗近と言って、この本丸の近侍、まあ仕切り役みたいなものだよ。天下五剣と呼ばれる刀の中でもいちばん美しいとされる名刀だ。主の信頼も篤《あつ》い」
長谷部が苦々しく、
長谷部「それで最近は三日月しかお側に行けないということか？」
鶯丸「長谷部、今はそういう話をしているんじゃない」
長谷部「だがおかしいだろう。誰か最近主と話した奴はいるか？三日月が俺たちを主から遠ざけているとしか――」
ふいに三日月が入ってくる。
三日月「まいったな、そんな意地悪じじいと思われていたとは」
三日月は平気な顔をして笑う。
長谷部は一瞬気まずいが、
長谷部「陰口のようなマネは謝る。だが言っていたことは本当だ。なぜ俺たちは主に会えない」
三日月「いや何、大したことではない。主も最近忙しくてな、しばらくは人払いをするように頼まれていたのだ。おっと、そうだ、アレをナニするのを忘れていたな」
そそくさと出ていくのを見送るしかない一同。
長谷部「……また得意のごまかしか」
山姥切「いや、下手すぎる」

鶯丸は、三日月が出ていったほうを見つめる。

同・庭・実景（日替わり・早朝）

同・廊下（早朝）

三日月が早足で階段を駆け上がっている。

同・主の部屋（早朝）

三日月が片手をついて御簾の向こうを見る。

三日月「主、朝早くから何かあったのか？」

審神者がモニター画面をじっと見ている。

審神者「……」

三日月「……主？」

審神者「信長が――」

手をついたままピクリとなる三日月。

三日月「……!!」

洞窟

薄暗い中、目を覚ます信長（枕元に短刀）。

信長　「……？」
　　　敷物の上に、装束《しょうぞく》はそのままに寝かせられている。
　　　がばっと起き上がって、訝《いぶか》しく周囲を見る。
　　　そこへ、入口から姿を見せる無銘。
　　　咄嗟《とっさ》に短刀を手にする信長。
　　　無銘はその前にひざまずく。
信長　「何やつじゃ」
無銘　「……無銘……」
信長　「むめい？　名無しということか？」
無銘　「ご無事で何より……」
　　　信長は短刀を見る。

× × ×

　　　回想フラッシュ――
　　　自分に突き立てようとする短刀。

× × ×

信長　「わしは、本能寺から逃げ延びたということか？」
　　　無銘が一礼する。

×　　×　　×

回想イメージ——

炎の中、突然現れる無銘。

×　　×　　×

信長「そうか、お前が……」

自分の体を見、そして立ち上がる信長。

信長「は、はは……、そうか！　はっははは！」

生気を取り戻し、無銘を見る。

信長「その後の状況は！　光秀の動きは！　蘭丸……蘭丸はおるか！」

無銘「恐れながら、お身内はすべて討ち死に……」

信長「……!?　……一人も、か……？」

無銘「本能寺は焼け落ち、信長公はご自害ということに」

ぐっと睨む信長。

無銘「信長公……あれへ」

無銘が、奥のほうへいざなうように腕を出す。

信長「？」

暗闇から現れ、信長の前にひざまずく時間遡行軍兵。

その背後の暗闇に無数の赤い眼が広がっていく。

無銘「どうぞ、あれらをご自由に……」

信長「おお……！」

信長は強い表情で見下ろす。

日本号の声　「おいおい！　信長様が生きてるってどういうことだ!?」

本丸・広間

寝起きのままの日本号が入ってくると、三日月以外、
全員がそろっている。
日本号が座る。

日本号　「本能寺の変、きっちり仕事をしたと思ってたがな」
長谷部　「時間遡行軍の討ち漏らしがあった。そういうことだろう」
薬研　「だが、俺たちが引き揚げた時、奴らの気配はなかったはずだ」
山姥切　「信長側の誰かが逃がしたか……？」
不動　「あそこで死ぬべき奴はみんな死んでる。間違いない」

一瞬、しんとする。
（骨喰は話に入らず、一同の話を観察するように聞いている）

鶯丸　「ともかく、原因がわからない以上どう動くか……。
今、主と三日月が協議中だ」
長谷部　「また三日月か……」
鶯丸　「ぼやくな。出陣の編成は既に伝わっている」
と巻紙を取り出す。
鶯丸　「隊長、三日月宗近、以下、薬研藤四郎、へし切長谷部、
山姥切国広、日本号、……、骨喰藤四郎」
骨喰　「！」

不動　「……！」
鶯丸　「不動、少し休めという主の配慮だ。俺と共に留守を守れ」
不動　「……」
　　　不動を見つめる骨喰。
不動　「……」
　　　頷く鶯丸。
日本号　「よし、あとは任せてくれ、不動ちゃん」
鶯丸　「日本号、お前はいいから早く着替えてこい」
日本号　「はいはいっと」
鶯丸　「他のみなは出陣の準備を」
　　　頷く一同。

同・主の部屋

　　　御簾の前に座っている三日月。
審神者　「なるほど……。わかった、お前の策でいこう」
三日月　「……」
審神者　「それにしても信長が生き延びていたとはな……。私がもう少し慎重になるべきだった。すまない」
　　　三日月は少し慌てたように顔を上げる。
三日月　「いや、全ては隊長の俺の責任だ。主は何も悪くない」
審神者　「ともかく頼む。その時も、もう近いようだから」
三日月　「……！」

ペンダントの石の色が変わり始めている。

審神者「互いに守るべきものを守ろう」

三日月「主――」

言いかけて、ただ頭を下げる三日月。

審神者「三日月……私は、いい刀剣たちに恵まれた」

一瞬、詰まる三日月。

三日月「それを言うなら我らのほうこそ。良い主に――」

言いかけて笑う。

三日月「これではまるで今生の別れのようだな」

審神者も少し笑い、

審神者「後のこと、本丸のこと、全て頼むぞ」

三日月「……うむ。では」

つかの間視線を交わす両者。

三日月「行って参る」

同・廊下

三日月が考え込んだ様子で主の部屋から歩いてくる。

と、鶯丸がいる。

三日月「……」

鶯丸「もう話してくれてもいい頃だと思ってな。

お前と主が、何を隠しているのか、留守居役として聞いておこう」

三日月「……かなわんな、鶯丸には」

小さく笑う三日月。

三日月「図星だ。お前にはよくよく頼まねばならん」

三日月は、周囲を確認してから鶯丸に近寄って耳打ちをする。

聞いているうちに顔色の変わる鶯丸。

廊下の曲がり角の向こうから、着替えた日本号が来るが、

鶯丸の抑えた「本当なのか……」という声に立ち止まる。

鶯丸「なぜ今まで……」

三日月「絶対に外に漏れてはならんからな、念には念を入れていたんだが……、時間遡行軍に知られた可能性もある」

鶯丸「！」

三日月「鶯丸、頼むぞ」

鶯丸「待て、だったら主の側にはお前が残ったほうがいい」

三日月「いや……、俺は今回で近侍を降りるつもりでいる」

鶯丸「何？」

廊下の陰で聞いていた日本号も「!?」となる。

鶯丸「どういうことだ」

三日月「本能寺の件で主に謝らせてしまったよ。情けないことだ」

鶯丸「それは、主はああいうお方だからな。でも、お前のせいでもないだろう」

三日月「俺だ……。俺なのだ」

鶯丸「……？」

三日月「さて、その分の働きをしてこようか」

三日月が歩き出す。

その背中を見つめる鶯丸。

日本号　「……」

出陣の祠

長谷部、山姥切、薬研、骨喰が装備を整えて集まっている。

長谷部　「まだか、三日月宗近と日本号は」

薬研は、じっと祠を見つめている骨喰を見る。

薬研　「どうした、兄さん。初陣が心配か？」

骨喰　「……よくわからない」

薬研　「ん？　何が？」

骨喰　「歴史とは、守らなければならないものなのか？」

薬研　「え」

一同が骨喰を見る。

骨喰　「戦うのがイヤなんじゃない。ただ理由を知りたいだけだ」

長谷部　「歴史が変われば、後の世が変わってしまう」

骨喰　「……そうか」

ちょっと何も言えない風の薬研。

そこへ「待たせたな」と来る三日月。

後ろから日本号も来る。

日本号　「悪い悪い」

三日月　「みな、準備はよいか」

長谷部たちがうなずく。

三日月　「では、行こうか。目的はひとつ――」

祠を見つめる三日月。

三日月　「織田信長公、暗殺」

桜が舞って——

イメージ（山崎の戦い）

地図や、進む明智軍や秀吉軍など——

N　「天正十年六月二日。織田信長が明智光秀に弑逆された本能寺の変。
その一報を受けた羽柴秀吉は、信長の仇《あだ》を討つため、
驚異的な早さで中国から引き返した。
そしてわずか十一日後には、山崎の地にて明智軍を圧倒。
残り少ない手勢と共に、
明智光秀は追い詰められることとなった」

高台

テロップ「天正十年　六月十三日」

装いを改めた信長が、敗走する光秀を楽しげに見下ろしている。
その側には時間遡行軍兵が従っている。

信長　「光秀め、たわいもない」

無銘　「信長公……あなた様が死んだことになったままでは、
お助けした意味がない……」

信長「案ずるな、誰が信用に足るか見極めておるのよ。まず猿はよかろう」
無銘が手を上げると、兵が一人走り出る。
懐《ふところ》から書状を取り出す信長。
信長「これを秀吉に渡せ。渡すだけでわかる」
受け取り、走り出す兵。
信長「安土の城で待つとしたためた。安土で軍を整え、世に宣言するのじゃ。この信長がまだこの世におるとな。みなもう一度ひっくり返るぞ」
面白そうに笑うが、すぐに表情を一変させる。
信長「その前にあのキンカ頭を討つ」
その信長たちを——

別の高台

三日月、薬研、長谷部が遠眼鏡でのぞいている。
山姥切も側にいる。
長谷部「やはり信長を助けたのは時間遡行軍か」
薬研「あいつ……そういえばちょっと妙だったな」
山姥切「どれだ」
山姥切が薬研から遠眼鏡を借りて見る。
山姥切「ああ、あのすばしこい奴か」
長谷部「何が妙なんだ」
薬研「あいつと剣を合わせた時——」

×　×　×

回想フラッシュ――
薬研、山姥切と戦う無銘。
戦いながら「？」となる薬研。

×　×　×

薬研「時間遡行軍の気配が弱かった」
長谷部「そうか、それで奴が密かに信長を……」
三日月「……」
そこへ日本号と骨喰が来る。
日本号「光秀のほうを見てきたぜ」
三日月「おお、ご苦労だったな二人とも」
日本号「残った手勢と勝竜寺城《しょうりゅうじ》に籠もってる。おそらく夜を待って脱出する気だ。それと、信長様が生きてること、まだ誰も知らねぇな。表面上は歴史通りってとこだ」
長谷部「それも時間の問題だろう。さっき走った兵が伝令かもしれん。俺が行ってくる」
三日月「待て。今しばらく様子を見る」
長谷部「は？」
一同が少し驚く。
長谷部「様子見ってそんな暇があるか？」

三日月　「歴史の修正がまた新たな歴史改変を生んでは元も子もない。今は慎重にな」
長谷部　「だが信長生存が知れ渡ってからでは面倒だぞ。あれだけでも潰すべきだ」
三日月　「まぁ、そう殺気立つな」
長谷部　「悠長すぎるぞ三日月、仕事をする気があるのかっ」
三日月　「無論だ。だがお前には負けるかな？」
長谷部　「ふざけるのもいい加減にしろ！」
と長谷部が三日月の胸ぐらを掴む。
そこへ割って入る日本号。
日本号　「待てよ。じいさんにも考えがあるんだろ」
長谷部　「言わない考えなら、ないのも同じだ。
悪いが手遅れになる前に動かせてもらう」
日本号　「長谷部——」
三日月　「わかった。任せよう」
長谷部は返事をせず、歩き出す。
日本号　「俺がついていく。ま、ムチャはさせねぇよ」
三日月　「うむ、頼んだぞ」
日本号は行きかけて振り返る。
日本号　「あいつの言うことも一理あると思うぜ。
信じちゃいるが、話してくれなきゃわからねぇことはある」
三日月　「……」
日本号が長谷部を追っていく。
日本号　「おーい、待てよ、へし切！」
長谷部　「長谷部と呼べ！」

無言の薬研たち。

三日月は何でもない風で、

三日月「さて、信長の出方を見るとしようか。
山姥切、薬研、お前たちは光秀のほうを頼む」

薬研「……わかった」

山姥切はしばし三日月を見つめる。

三日月「お前も、長谷部と同じか」

山姥切「俺は隊長の命令には従う」

山姥切が薬研とその場を離れる。

残る三日月と、それを見る骨喰。

勝竜寺城・全景（夕方）

同・裏手（夕方）

勝竜寺城が見える場所に来る山姥切と薬研。

山姥切「光秀はあそこか」

薬研もすかして見つつ、口を開く。

薬研「隊長の命令には従う……か。山姥切らしい割り切りだな」

山姥切「隊長の命令はすなわち主の命なんだから当然だ。
だが……お前はそう簡単にはいかないだろう」

薬研「何が？」

山姥切　「あそこにいるのは、言ってみればお前の元主のカタキだ」
薬研　「ああ……」
　　ふっと笑う薬研。
薬研　「だが今の俺は光秀の最期を知ってる。あいつは今夜、
　　落ち武者狩りに遭って死ぬってな」
山姥切　「それで気が済んだというわけか」
薬研　「さすがにそこまで言い切れないが……。
　　いつか主に言われたことがある。光秀という人間はもう、
　　守るべき歴史のひとつにすぎないってな。それで……ストンと落ちた」
山姥切　「……」
薬研　「落ちないのはやっぱり……三日月が何を考えてるか、かな」
山姥切　「ああ」

別の高台（夕方）

　　勝竜寺城を見ている三日月と骨喰。
三日月　「歴史を守る必要があるか——そう聞いたらしいな」
骨喰　「……」
三日月　「よいよい。何も考えず、ただ刀を振るうだけより余程いい。
　　そうなってしまってはただの魔物だからな」
骨喰　「魔物……」
三日月　「（頷き）我らは、人につくられし刀剣だ。
　　持ち手次第、そして心持ちひとつで、魔物にもなる」

骨喰　「……」
三日月　「幸い、我らは持ち手である主には恵まれた。
お前の戦う理由もそのうちわかるだろう。
ただ……、それまでの間、昔のよしみで俺に付き合ってはくれないか。
ちと、頼みたいことがあってな」
骨喰を見つめる三日月。
骨喰　「……わかった」
三日月　「ありがたい」
三日月は、折れた野の花に目をやる。
三日月　「我らの誰かが踏んでしまったか。
……歴史を守るとは、ことほど左様に難しい」
骨喰　「……」

小栗栖・道（夜）

テロップ『天正十年六月十三日』『同日深夜』

わずかな武将や歩兵と共に進む光秀。
それを ―― 離れて尾行している山姥切と薬研。
と、前方から誰か来る気配。身構える山姥切と薬研。
が、姿を見せるのは三日月、骨喰。
薬研　「お二人さんか……。なんでここに」
三日月　「信長を追ってきたのだが」

その時、上がる叫び声。

一同「！」

光秀たちが激しくうろたえて後じさっている。
前に立っているのは信長。

光秀「の……信長……生きて……！」

信長「光秀、わずかに舐めた天下の味はどうじゃ」

信長の後ろには、無銘と時間遡行軍兵たち。

光秀「あ……あ……」

信長「そのひとしずく、冥土への土産といたせ」

信長が刀を抜き、無銘たちもそれにならうと、
一斉に光秀たちに襲いかかる。

山姥切「信長は自分で光秀をやる気だ……！」

薬研「ここで光秀が死ぬのは歴史通りだが……」

三日月「……」

薬研「もしかして、これがあんたの狙いか？」

無言の三日月は、信長を目で追っている。
その手が刀の鯉口を切っている。
次々と武将を斬っている無銘や時間遡行軍兵。
信長はまっすぐ光秀を追い詰めていく。
数合打ち合うが、光秀は刀を取り落とし、
すかさず信長がその肩口を斬る。

光秀「うあ……！」

それを見た無銘が、突然「！」と頭を押さえる（目の色が変わる）。

信長はさらに光秀に一撃を加えようとしている。

無銘　「……」

次の瞬間、無銘は信長に斬りかかる。

間一髪気づいてよける信長。

信長　「無銘！　何のマネじゃ！」

光秀　「……？」

薬研　「どういうことだ！　なんで時間遡行軍のやつが！」

既に三日月は走り出している。

山姥切　「三日月!?」

信長　「く……、今更わしを斬ろうとは、一体どういう——」

信長へ向かう無銘の刀。

だがそれを三日月が刀で受け止める。

無銘　「……！」

三日月を追ってきた薬研たちも「!?」と見る。

三日月　「……」

三日月は無銘を押し戻し、戦いとなる。

三日月　「さあこちらへ…」

薬研　「どういうことだよ！」

山姥切　「三日月！」

時間遡行軍兵は薬研たちに襲いかかる。

武将2　「殿！　今のうちに！」

騒ぎに乗じて逃げようとする光秀たち。

薬研　「光秀が！」
山姥切　「まずい！」
山姥切、薬研、骨喰が時間遡行軍を斬り、光秀を追う。
と、突然の落雷。激しい衝撃に足を止める三人。
そこに現れ立ちはだかっているのは——大太刀。
山姥切　「大太刀……！」
大太刀　「なまくらども……引っ込んでいろ……」
薬研　「それは……こっちのセリフだ！」
山姥切たち三人と大太刀の戦い。
しかし、三対一をものともしない大太刀の強さ。
一方、三日月は信長を庇《かば》いながら無銘と戦っている。
大太刀　「無銘、血迷ったか……！」
一気に山姥切たちをなぎ払う大太刀。
山姥切たち　「うわぁ！」
そのまま大太刀は三日月に迫る。
三日月　「……！」
三日月は、無銘に一撃を加えて膝をつかせる。
三日月　「さあ、こちらへ！」
大太刀　「待て！」
信長を連れて茂みの奥へ走る。
追いかける大太刀。
と、茂みの向こうが輝き、飛び出すのは、馬に乗った三日月と信長。
大太刀　「！」

走り去る信長と三日月。

薬研「三日月……！」

山姥切「とにかく、俺たちもいったん引くぞ……！」

三人が茂みへ飛び込み、闇の中へ姿を消す。

残る大太刀と、無銘、斃《たお》れた武将たち。

大太刀「無銘……」

無銘が顔を上げる。

その顔を鷲掴《わしづか》みにする大太刀。

無銘「！」

大太刀が手を離すと、無銘の目の色が元に戻る。

大太刀「血迷うな、無銘……」

N「天正十年六月十三日、この日を最後に明智光秀は歴史から消えた。落ち武者狩りに遭ったとも、自害したとも、伝えられている」

累々《るいるい》と武将たちの亡骸《なきがら》が転がっている。

河原など（夜明け）

山姥切、薬研、骨喰が、上着を脱いで傷の手当をしている。

薬研は自分の手当もそこそこに、山姥切と骨喰の面倒を見る。

薬研「今はこれぐらいしか出来ないが」

山姥「十分だ。それより問題は……」

一方を睨むような山姥切。

薬研「三日月か……」

骨喰　「……」
山姥切　「歴史を変えてまで信長を生かしておく理由があるか」
薬研　「俺が知る限り、三日月が信長さんの持ち物だったこともない……。兄さんは、何か思い出せないか」

骨喰は首を振る。

薬研　「……こうなってみてわかったが、三日月のことを知らなすぎるな、俺たちは」
山姥切　「……ずっとそうだった。自分のことを話さないんだ、あいつは」
骨喰　「……」

廃寺・外

座っている信長と三日月がいる。

三日月は欠けた茶碗に入った水を、信長に差し出す。

三日月　「このような所では水しか差し上げられませぬ」
信長　「よい」

信長は一気に飲み干す。

信長　「で？　お前はあの無銘と同類か？」
三日月　「同類と申しますと」
信長　「『正しい歴史』とやらを知る者じゃ」
三日月　「……ほぅ、あの無銘とやらはそのような話まで」
信長　「わしは本能寺で死ぬはずだったとぬかしおった。だから助けて歴史を変えるのだと。

三日月　逆に、お前はわしを死なせようとしておったはず」
信長　「左様なことは決して」
　　　「とぼけるな。まぁ、お前がわしを奥の間に閉じ込めた故、無銘が抜け道を使ってわしを連れ出せたわけだが」
三日月　「抜け道！　そのようなものがござりましたか」
　　　　驚く三日月をじろりと見る信長。
信長　「……まったく、どこまでマジメかわからぬ奴じゃ」
三日月　「これで、信長公より相当年のいったじじいにございますれば、近頃は物忘れも多く……」
　　　　三日月の態度に呆れ顔の信長。
信長　「……ふん、目的を申せ。何が狙いじゃ」
三日月　「私はただ、信長公を安土城へと」
信長　「安土？　わしにとっては願ってもないことだが……」
　　　　信長が探るように三日月を見る。
　　　　表情を変えない三日月。
信長　「……まぁよい。猿が来るまでは、お前を頼る他ない」
三日月　「畏《おそ》れ入りまする」
信長　「名は何と申す」
三日月　「三日月宗近と」
信長　「ほぅ、あの天下の名刀と同じ名か」
三日月　「……」
信長　「……面白い……、宗近！」

信長　「水をもう一杯所望じゃ」
　　三日月が一礼する。

秀吉の陣・全景（前回の場所からは移動している）

同・中

　　表書きに「赤尻ノ猿殿」と書かれた書状。
　　それを食い入るように読んでいる秀吉。
　　前には時間遡行軍兵が控えている。

秀吉　「……この者と二人だけにせい」
武将1　「しかし、そのような得体の知れぬ者と――」
秀吉　「早くせい！　よいか、わしの許しが出るまで、何があっても近寄ってはならぬ」
　　一同は「は……」と仕方なく出ていく。
秀吉　「ここに、安土で待つとある……。お館様じゃな……？　お館様が生きておるのか、そうなのか！」
　　その時、陣幕をくぐって飛び込んでくる日本号と長谷部。
長谷部　「お待ちください！」
日本号　「そいつを信じちゃダメだぜ」
　　時間遡行軍兵が二人を睨む。
秀吉　「おぬしら、何者じゃ」

日本号　「ご無礼を。そいつは、殿下のお命を狙う明智の残党にございます」
秀吉　「何……？」
その瞬間、時間遡行軍兵が日本号と長谷部に斬りかかる。
日本号と長谷部は、鮮やかにこれをかわす。
日本号は、ぐっと時間遡行軍兵を引き寄せる。
日本号　「（小声）安土で秀吉様と信長様と会わせようってか？
そいつは困るねぇ」
と、押し戻したのを、長谷部が素早く斬る。消滅する時間遡行軍兵。
秀吉　「き、消えた……。消えたぞ……！　どういうことだ!?」
日本号　「いやいやいや、目の錯覚にございます。
こいつ（長谷部）が陣幕の外へ目にもとまらぬ早さで、こう……、な？」
長谷部は不器用に頷く。

×　×　×（時間経過）

日本号と長谷部が秀吉の前に座っている。
秀吉　「なるほど、お館様をかたり、わしを安土におびき寄せる
魂胆だったというわけか」
長谷部　「御意」
秀吉　「お館様はやはり亡くなったと」
長谷部　「御意」
秀吉　「まぁ、そうじゃろうな……」
ホッとする日本号と長谷部。

　　秀吉は二人を見つつ、考え考えしゃべる。

秀吉　「がしかし、やはり安土へは行かねばなるまい」

　　「え！」となる長谷部と日本号。

秀吉　「物見の報告によれば、安土の城を乗っ取っておった明智左馬助が
城を出たということじゃったが、今の話によると、
それは見せかけだったというわけじゃ」

　　顔を見合わせる長谷部と日本号。

秀吉　「安土の城はお館様そのもののような城じゃ。
いつまでも土足で踏み荒らさせてはおけんでな」

長谷部　「いや、しかし――」

秀吉　「ウソにはウソじゃ。誘い出されたと見せかける。
他の者にも戦に向かうとは言わぬ。
目立たず、手練《てだ》れの者を選りすぐって行こう。ほうじゃ、お前たちも来い」

日本号
長谷部　「は？」

秀吉　「先ほどの腕、ただ者ではない。
わしを助けた功により取り立ててつかわす。来い」

日本号　「い、いや、俺たちはただの流れ者で――」

秀吉　「わしは元々は百姓じゃ、気にするな。お主ら、名は何と申す」

長谷部　「う……その……」

日本号　「名前なんてたいそうなもんは……」

秀吉　「まぁよい。（外へ）みなの者入れ！」

×　　×　　×

武将たちを前にしている秀吉。

日本号と長谷部はその後ろに居心地悪く控える。

秀吉　「出陣じゃ。坂本城は堀秀政があたれ」

秀吉　「わしは安土へ入る。空き家にはしておけぬからな」

武将1　「殿、その後ろに控えておる妙な者たちは」

秀吉　「新しく召し抱えた、こやつらを含め、

安土へ連れていく兵じゃが――」

と話している後ろで長谷部たちがこそこそ話す。

長谷部　「何なんだ、この状況は」

日本号　「いや、ここは秀吉様についてくのも手だ。

安土に信長様と時間遡行軍がいるのは間違いないからな」

そこへ、一羽の伝書鳩が舞い降りる。

日本号　「お、あの鳩は」

長谷部　「山姥切からだ」

日本号が、鳩の足からとった紙片を広げる。

日本号　「……！　何ぃー!?」

長谷部　「？」

秀吉が立ち上がる。

秀吉　「では出立じゃ！」

道

日本号と長谷部を加えた秀吉の軍が進軍している。

手紙を手に、信じられない様子で歩く長谷部と日本号。

長谷部「三日月は何を考えているんだ……！
なぜ信長を助ける。秀吉が信長に会ったら歴史がひっくり返るぞ」

日本号「わからん。わからんが……」

×　　×　　×

回想フラッシュ——

三日月「俺は今回で近侍を降りるつもりでいる」

×　　×　　×

日本号「何かをしょいこんでるのかも、とは思う。主のこととか」

長谷部「だったらなぜ俺たちに言わない。主のことなら特にだ」

日本号「そこだな。ま、今のはいいほうの解釈だ。悪いほうは……」

長谷部「何だ」

日本号「言いたくねぇ」

秀吉は悠々と進んでいる。

河原など

手紙を開く薬研。

薬研「日本号からだ。秀吉が安土城に向かっている。信長さんがそこにいるらしい」

山姥切「俺たちだけでもやる。信長暗殺は主の命だからな」

薬研「……で、もし三日月が邪魔したら？」

無言の山姥切が、ぐっと刀を握りしめる。

山姥切「……」

薬研「行くか」

骨喰が山姥切と薬研に上着を渡す。

安土城・全景

同・天守・最上階

三日月と信長がいる。

信長「どうじゃ、宗近。ここが安土の城じゃ。天下の見晴台よ。まさに絶景！」

三日月「……」

三日月は黙って見つめる。

信長「わしが自ら指揮をして造りあげた。戦のための城ではない、天下を治めるための城じゃ」

三日月「なるほど」

信長　さして表情を変えない三日月を見る信長。
「のぅ、宗近。お前たちの言う『正しい歴史』とは何だ。
そんなものがあるのか」

三日月「……」

信長「わしはこうして生きておる。
今やこれが『正しい歴史』ではないか?」

三日月「……『正しい』とは常に、誰かにとって、というだけでしかありませぬ」

信長「ふん、ではこれは間違いなく、わしにとって『正しい歴史』じゃ」

三日月「……」

信長「後は猿の到着を待つのみ」

安土城が見える場所

大太刀と、無銘、時間遡行軍兵たちが安土城を見ている。

大太刀「ことは成った……。
無銘、貴様はこのまま信長を守れ……。我は、今こそなすべきことを……」

無銘たちに背を向け、黒い霧の中へ消える大太刀。

大太刀「歴史は……変わった――」

本丸・結界

本丸を覆う結界にヒビが入る。

同・外廊下

　　結界のヒビを仰ぎ見て驚く不動。

不動　「何だ……!?」

同・主の部屋の前

　　走ってくる不動。
　　しかし、そこへ鶯丸が来て止める。

不動　「鶯丸、結界の様子が……。もしかしたら歴史が変わったから……！」

鶯丸　「大丈夫だ。心配いらない」

不動　「こんなことって……。主に知らせないと」
　　と中へ入ろうとする。

鶯丸　「だめだ」

不動　「何でだよ！」

鶯丸　「主は大丈夫だ、とにかく落ち着け」
　　強引に鶯丸を押しのけ、襖を開ける不動。

不動　「主！」

鶯丸　「不動！」
　　御簾の向こうから差す強烈な光に目がくらむ不動。

不動　「な……」
　　鶯丸が襖を閉めて不動を見つめる。

不動　「何が起きてるんだよ……。主はどうしたんだ！　鶯丸！」

鶯丸　「今話す」
不動　「……」

温泉（夜）

秀吉が湯に入っており、日本号と長谷部が、外に控えている。
長谷部　「もう安土城は目と鼻の先だぞ。悠長に秀吉に付き合ってる場合か」
日本号　「だから時間稼ぎだよ。秀吉様と信長様を会わせるわけにいかねえだろ。
山姥切たちも策を練ってるだろうが、
こっちも出来ることを考えとかねえとな」
長谷部　「俺たちが先に乗り込んで信長を斬るという手もあるぞ」
日本号　「三日月ごとか？」
長谷部　「……いざとなれば」
日本号　「いざとなればね……」
秀吉　「何をコソコソ話しておる」
日本号　「いえ、別に」
秀吉　「のぅ、お前たち」
突然、湯の中から立ち上がる秀吉。
秀吉　「わしの尻にアザがあるのが見えるか」
背中を向ける秀吉の尻に、赤い大きなアザがある。
秀吉　「わしが猿と呼ばれる所以《ゆえん》よ」
日本号　「え……」
長谷部　「てっきり顔のことかと――」

日本号が肘で突っ込む。

秀吉　「知っておるのは、お館様だけじゃ。ここで一緒に風呂に入った時にな」

日本号
長谷部　「……？」

秀吉　「つまり、あの密書はまさしくお館様からじゃ」

×　×　×

回想フラッシュ——

書状の表書き『赤尻ノ猿殿』

×　×　×

秀吉は日本号と長谷部を見る。

秀吉　「お館様は生きておるの？」

日本号と長谷部が「！」となる。

日本号　「いや……、あれは明智の残党の——」

秀吉　「もうとぼけるな。それを知っているお前たちの正体を知りたかったが、ここまで来たらもうよいわ」

秀吉の表情が鋭く変わる。

秀吉　「わしはこのまま安土へ入る。そして織田信長を討つ！」

日本号
長谷部　「!?」

秀吉　「楽しかったが、お前たちとはここまでじゃ」
突然、銃兵が押し入る。
日本号を押し倒すように飛ぶ長谷部。
肩口に被弾する長谷部。

日本号　「長谷部！」
さらに襲いかかる刺客数人。
戦う日本号と長谷部だが、長谷部の負傷のため二人とも防戦気味。
秀吉は悠々と湯の中にいる。

長谷部　「秀吉……、どうして信長を！」
秀吉　「……」
長谷部　「秀吉！」
日本号　「長谷部行くぞ！　こっちだ！」
秀吉　「あの時……見えてしまってなぁ――」

×　×　×

回想――
泣き崩れていた秀吉が、仰向いて見る青空。

秀吉の声　「天下が」

×　×　×

日本号と長谷部は刺客に追われるようにして逃げ去る。

安土城・全景

三日月が回《まわ》り縁《えん》に出て外を見ている。と、その目が小さく見開かれる。
信長が、その後ろに立つ。

同・天守・最上階

信長　「来たか」
大手道を上ってくる秀吉軍が見える。
信長　「赤ケツ秀吉、やはり猿並に素早いのぅ！」
三日月は黙って中へ戻ると、かしこまって手をつく。
三日月　「私の役目はここまでにございますれば、これにて」
信長は三日月を見つめる。
信長　「宗近、答えよ。これはお前にとって『正しい歴史』か？」
三日月が顔を上げる。
三日月　「……」
信長　「答えよ」
そこへ聞こえる外の物音に、「?」となった信長が回り縁へ出てのぞき込む。

同・門中（点描）

大量に油をまいている秀吉兵。

× × ×

火矢を放つ秀吉兵。

× × ×

天守を燃やし始めている秀吉兵。

同・天守・最上階

信長「何……？　猿の奴、何を……」

三日月は黙って座っている。

振り返る信長。

信長「まさか……」

三日月「……」

城下・秀吉の陣

秀吉「燃やせ！　明智の残党を焼き尽くせ！　骨ひとつ残すな！」

秀吉「燃えろ！　燃えろ！　燃えろ！」

同・門中（点描）

火はどんどん広がっている。

同・天守・最上階

信長の表情が引きつる。

信長　「これが……」

三日月　「……」

信長　「これが元々の歴史か……！」

三日月　「……」

同・火薬庫

火薬に引火し、爆発が起こる。

城下・別場所

山姥切、薬研、骨喰が「!?」と見る。

黒煙を上げている安土城。

山姥切　「何!?　どういうことだ……！」

薬研はふらっと前へ出る。

そこへ来る日本号と長谷部。

日本号　「秀吉様だ。秀吉様が信長様を討つつもりだ……！」

一同　「!?」

薬研はじっと城を見つめている。

×　×　×

フラッシュバック――

燃えさかる炎。

×　×　×

薬研　「あれは……」

安土城・天守・最上階

信長が三日月を睨みつけている。

信長　「わしが、本能寺で死んだというのは……」

三日月　「誰にとっても『正しい歴史』……、しかしそれが真実とは限りませぬ。長い歴史の中には、墨で塗りつぶされたような、葬られた歴史とでも言うべきものがありまする」

信長　「……」

炎が広がっていく安土城

城下・別場所

薬研は城を見つめている。

山姥切「大丈夫か?」
薬研「俺は、大事なことを忘れている……」

イメージ

炎のフラッシュバック——

安土城・天守・最上階

三日月「信長公は確かにご自害なされた」
信長「……」
三日月「しかしそれは、本能寺にあらず!」

城下・別場所

薬研「俺が燃えたのは……、本能寺じゃない……」

安土城・天守・最上階

信長　「どこじゃ……」

三日月　「安土城」

薬研

同・全景

安土城が燃えていく。

薬研の声　「俺が本能寺にいた、あの夜――」

本能寺・奥の間（過去回想）

燃える本能寺。

火が迫る奥の間で、短刀を手にしている信長。

突然、後ろの襖が開き、蘭丸が入ってくる。

薬研の声　「森蘭丸が開いた血路によって織田信長は、用意された抜け穴を使って本能寺を脱出」

抜け穴の入口を信長に示す蘭丸。

同・抜け穴の出口（過去回想）

薬研の声　「蘭丸はその退路を守って命を落としたが――」

光秀軍の刃に倒れる蘭丸。

安土城・天守・最上階（過去回想）

安土城最上階の回り縁から外を眺める信長。

薬研の声　「信長は、わずかながらも手勢と共に安土へ入ることに成功した」
三日月の声　「そして密かに秀吉公に使者を送りました。しかし……」

秀吉の陣（過去回想）

愕然とする秀吉は、手にした書状を握りつぶす。

進軍する秀吉軍（過去回想）

安土城を火攻めする（過去回想）

三日月の声　「既に天下取りへと歩み出していた秀吉公は、これを無視。
明智の残党狩りの名目で安土の城へ攻め入り、これを受けた信長公は……」

安土城・天守・最上階（過去回想）

天守で短刀を握る信長の姿が、
落ちてくる大きな炎の塊に見えなくなる。

城下・別場所

薬研を驚きで見つめる日本号たち。

薬研　「これが、正しい歴史だ……」
山姥切　「つまり……歴史はひとつも変わっていない……」

安土城・天守・最上階

やはり信長が驚愕で聞いている。

信長　「それを……、なぜお前だけが知っている」
三日月　「あなた様がかねてから御所望のもの、山崎の戦いの労をねぎらい、将軍家より秀吉公へお下げ渡しが」
信長　「?」
三日月　「……」
信長　「！　三日月、宗近……」

城下・秀吉の陣

黒煙を上げる城を見ている秀吉。
件《くだん》の錦の刀袋を開ける。
中から取り出す三日月宗近。

秀吉　「お館様！　お館様が手に入れられなかったもの、すべてこの赤ケツの猿めが頂きますぞ！」

安土城・天守・最上階

怒りに震える信長。

信長　「……」

三日月　「信長公」

手をつく三日月。

三日月　「ここで、最期にございまする」

信長　「おのれ……、おのれ宗近……！」

信長が刀を抜いて三日月に突きつける。

三日月　「……」

日本号の声　「三日月が背負ってたのはそれか……」

城下・別場所

黒煙を上げる城が見える。

日本号　「そんな裏の歴史、表に出てもとんでもねえし、時間遡行軍に変えられたら、もっととんでもないことだろうからな」

長谷部　「言わなかったんじゃない、言えなかったんだ。知ってる奴が多いほど危険だから……」

長谷部が拳を握りしめる。

その時、稲光が走る。

薬研　「奴ら、来やがった」

山姥切が城のほうを指さす。

時間遡行軍が秀吉軍になだれこんでいる。
薬研「あいつら……、どうしても信長さんを生かすつもりか」
長谷部「ここから先は本当に歴史がひっくり返るぞ……！」
走り出す刀剣男士たち。

安土城・天守・最上階

三日月に刀を突きつけたままの信長。
しかし城下から聞こえる新たな騒ぎに、外に目をやる。
時間遡行軍と秀吉軍のぶつかり合いが見える。
信長「……あれは無銘の軍。またわしを守る側に回ったか」
三日月「では、止めて参りましょう」
信長「あれを？　一人でか」
三日月「多少、骨は折れましょうな」
信長「……」

同・門中

秀吉勢と時間遡行軍が戦っている中へ、
長谷部たちが飛び込んでくる。劣勢だった秀吉軍をフォロー。
突然、骨喰は、長谷部と日本号にぶつかるようにして走ると、
身軽に時間遡行軍の中を抜けて天守へ走る。
日本号「え？」

山姥切　「待て！　一人じゃ無理だ！」
　　　　　薬研が追おうとするが、時間遡行軍が阻む。
薬研　「邪魔だぁ！」
　　　　　突破したその前に立つのは無銘。
薬研　「！」

同・天守・低層階

　　　　　時間遡行軍の一隊が入ってくる。
　　　　　そこへやってくるのは三日月。
三日月　「まったく、お前たちは何度言っても土足を改めないな」
　　　　　一気に襲いかかる時間遡行軍。
　　　　　三日月が刀を抜いて戦う。
　　　　　その中へ骨喰が飛び込んでくる。
　　　　　三日月は驚かず、
三日月　「骨喰、来てくれたか」
　　　　　三日月と骨喰が、侵入してきた時間遡行軍を全滅させる。
骨喰　「三日月、これ……」
　　　　　骨喰が差し出す小さな布袋を受け取る三日月。
三日月　「……面倒なことを頼んですまんな」
　　　　　炎が強くなり、煙が濃くなってきている。
三日月　「ここはもうよい。早く――」
　　　　　と三日月が振り向くが――

三日月　「……！」

煙が流れ、骨喰の背後からその喉元に刀を突きつける信長の姿が現れる。

信長　「宗近、わしをここから連れ出せ」

骨喰が動こうとするが、三日月が手で制して首を振る。

三日月　「出来ませぬ」

信長　「宗近！」

三日月　「出来ませぬ！」

信長　「……」

三日月　「……」

睨み合う両者。

信長　「なぜじゃ。わしは歴史を変えることが悪いとは思わぬ。むしろ変えて見せよう。それが、これより『正しい歴史』となる」

三日月　「……そういうものなのでございましょうな、歴史とは。しかし……それによって消滅する、あまたの名もなき人がございまする」

信長　「仕方がない。戦の兵と同じじゃ、大勢《たいせい》に影響はなかろう」

三日月　「左様、とても儚《はかな》い……」

骨喰　「……」

× × ×

回想フラッシュ——
折れた野の花。

× × ×

三日月「長い年月を経るとそういうものが無性に愛しくなりまする。昔は自分が大事にされるばかりでございましたが、今では守りたいものが増えるばかり」

と骨喰に笑みを向ける。

骨喰「……」
三日月「信長公、歴史とは人。私はその人を守りたい」
骨喰「……」

信長は「ふん」とからかうように笑う。

信長「わしも人ぞ」
三日月「はい、ですから守りまする。ここで散ったあなた様を」
信長「……！」
三日月「裏切った秀吉公を、天運をかすめ取ったと笑い飛ばされました」
信長「……」
三日月「あっぱれ魔王の死に様にございましたぞ」
信長「……」
三日月「それに比べると、今のあなた様は少々格好が悪うございますな」

笑いながら悠然と出ていく三日月。
睨んでいた信長だが、ふと力を抜き、骨喰を放す。

信長「もうよい」

つかの間見つめた骨喰が三日月を追っていく。
漂う煙。

信長「ふ……やられたわ……」

信長が煙の中で笑い出す。

同・門中

秀吉軍、時間遡行軍、刀剣男士たちの戦いが続いている。
秀吉勢は劣勢で、刀剣男士たちで防いでいる状態。

日本号「きりがないぞ、くっそ」

長谷部「持ちこたえろ」

山姥切「俺たちだけでもやるぞ」

その中で、無銘と鍔《つば》迫《ぜ》り合いになる薬研。

薬研「お前……」

だが無銘は無反応で、薬研を押し戻し、また斬りかかる。

薬研「ふざけるな」

長谷部たちは傷を負いながらも懸命に戦い、時間遡行軍を倒していく。
疲弊知らずの時間遡行軍と反対に、刀剣男士たちの疲弊は激しい。
そこへ、雷と共にさらに現れる多数の時間遡行軍。

日本号「！　どんだけいやがるんだ……！」

時間遡行軍は、道を塞《ふさ》ぐ刀剣男士たちへ、無言で進んでくる。

薬研「く……」

その時、天守側の城壁から、

刀剣男士と時間遡行軍の間に飛び降りてくるのは三日月。

長谷部「三日月！」

三日月「みな、すまなかったな。後はこのじじいが責任をとる。本丸へ戻れ」

日本号「は!?」

山姥切「何を言ってる！」

三日月の手には骨喰から受け取った袋。

そこから取り出すのは、退却の水晶。

刀剣男士たちが「え……！」と見る。

日本号「まさか、それは俺たちの――」

薬研たちは服を探る。

山姥切「どうして……！」

刀剣男士たちの後ろから骨喰が駆けてくる。

薬研「兄さん！」

×　×　×

回想フラッシュ――

河原で山姥切と薬研に上着を渡す骨喰。

日本号と長谷部にぶつかるように走る骨喰。

その時に退却の水晶をとっている。

× × ×

三日月「骨喰を責めるな。ワケも聞かず、頼まれてくれたのだ」

新しく来た時間遡行軍の中には銃兵がいる。

三日月は表情を引き締めて刀剣男士たちを見る。

三日月「よいか、本丸と主をくれぐれも頼む」

水晶を持った手を振り上げる。

三日月「さらばだ」

長谷部「待て、三日月！」

宙に投げられる水晶。

巻き起こる桜吹雪で、長谷部たちは動けなくなる。

同時に、横合いから飛び出す無銘が三日月に刀を振るう。

かろうじて半分抜いた刀で防ぐ三日月。

しかしそこへ、時間遡行軍の弾が放たれる。

よけられずに数発被弾する三日月。

三日月「ぐ……！」

桜吹雪の中で見る刀剣男士たち。

「三日月ー！」

三日月が笑みを向けた瞬間、刀剣男士たちは消える。

倒れていく三日月――

が、踏みとどまって刀を構える。

三日月「さて……じじいはここからがしぶといぞ」

不敵な笑み。

三日月　「三日月宗近、参る」

出陣の祠

長谷部たち五人が桜の花びらと共に帰って来る。
動揺を隠せない面々。
そこへ、奥から鶯丸が駆けてくる。

鶯丸　「みな、始まったぞ！」
山姥切　「何が」
鶯丸　「ついに始まったんだ」
長谷部　「だから何がだ！」
鶯丸　「審神者の代替わり」
一同が「！」となる。
骨喰　「？　代替わり？」
日本号　「どういうことだ？」

×　×　×

主の部屋の中。
鶯丸の声　「長く務めた審神者の力が衰えた時、新たな審神者を招くことがある」
御簾の向こうから、光が差している。

×　×　×

鶯丸　　無言の日本号たち。
「ただ、その時、本丸の力が弱まってしまう。
だから主も三日月も伏せていたんだ。絶対に外に漏らせないからな」
長谷部　「それで様子がおかしかったわけか」
山姥切　「……」
鶯丸　「でも、残念ながら気づかれた」
　　稲妻が走り落雷の衝撃。
一同　「！」
　　そこへ駆けてくる不動。
不動　「鶯丸！　時間遡行軍だ！　結界を破られる！」
日本号　「な……！」
鶯丸　「やはり来たか……」
　　見上げる鶯丸。

×　×　×

　　落雷と共に次々と刀剣が結界に突き刺さる。
　　スパークする結界。
鶯丸の声　「奴らの狙いは最初から本丸だったんだ」

×　×　×

鶯丸　「ここ最近頻繁に歴史介入をしていたのも、本丸を手薄にするためだろう」

そこへさらに強烈な衝撃音が響き渡る。

一同　「！」

状況に戸惑いつつも再び刀を構え直す五人。

日本号　「じいさんの心配が当たっちまったってわけか」

鶯丸　「（ハッと）三日月はどうした」

日本号　「ああ……」

安土城・門中

傷だらけの三日月が時間遡行軍と戦い続けている。

本丸・結界

結界に次々と突き刺さる時間遡行軍の刀剣。

結界が激しくスパークする。

本丸・主の部屋

衝撃は部屋の中にも伝わっている。

光に包まれる審神者。

安土城・門中

黒煙と火の粉が降る中、苦しい息づかいの三日月が戦いを続けている。

しかし、動きは鈍くなり、受ける傷も増えていく。

三日月　「く……」

ついに動けなくなる三日月。

無銘、そして時間遡行軍兵たちが三日月を取り囲む。

三日月　「……」

無銘が、構えた刀を振り下ろす。

三日月がかろうじて刀で受け流し、無銘の刀は急所を外れて肩口をかすめる。

しかし三日月は限界。

三日月　「さすがに……ここまでか……」

三日月が倒れていく――

が、それを守るように渦巻く桜吹雪。

三日月　「……？」

三日月を支えているのは長谷部。

長谷部　「間に合ったか……」

そして日本号、山姥切、薬研、骨喰がそれを守るように立ちはだかっている。

警戒して、距離をとる無銘たち。

薬研は薬の小瓶を三日月に渡す。

薬研　「飲め」

三日月　「お前たち……本丸はどうした……」

日本号　「俺たちにとっちゃ、あんたも本丸だよ、じいさん」

一同が三日月を見る。

三日月　「……」
山姥切　「それに、主の命でもある。三日月を迎えにいけとな」
三日月　「……!?」
審神者の声　「三日月——」

御簾の向こうで光に包まれる審神者。

×　×　×

審神者の声「過去だけが歴史ではない。お前にはまだ守ってもらいたいものがある。
私がこれからつなぐ、明日という歴史だ。
なすべきことはまだあるよ」

×　×　×

三日月　「主……」
じりっと迫る無銘たち。
長谷部　「三日月、守りたいものがあるのは俺たちも同じだ」
山姥切　「これからはもう少し話せ。年寄りなら長話は得意だろう」
三日月　「……」
無銘の合図で襲いかかる時間遡行軍に、
まっさきに突っ込んでいく山姥切。
長谷部、日本号、薬研たちも続き、三日月を守って戦う。
長谷部　「圧《お》し切る！」

そして三日月の背後から襲いかかる兵を斬る骨喰。

骨喰　「あんたの言った通り、俺にも、戦う理由がわかってきた」

三日月　「……」

戦う刀剣男士たち。

見つめた三日月は、一瞬、目を閉じる。

三日月　「俺も……焼きが回ったな……」

そして目を開ける三日月が小瓶を飲み干す。

三日月　「では再び始めよう！」

刀を構え、戦いの中へ飛び込む。

本丸

結界を突き破り、次々と本丸内に侵入する時間遡行軍の刀剣。

そしてその刀剣が時間遡行軍兵の姿に変わっていく。

そこに走り込み、鶯丸と不動が刀を抜く。

不動　「あっちだ！」

大太刀　「……なんだ、哀れなほど手薄だな」

鶯丸　「留守居役を甘くみてもらっては困る。命が惜しいなら引け！」

鶯丸が先頭の兵を一太刀で斬り倒す。

開始される時間遡行軍兵と鶯丸、不動の戦い。

×　×　×

以下、三日月たちと時間遡行軍兵、
薬研・骨喰と無銘、
鶯丸・不動と時間遡行軍兵の戦いのカットバックがあり——

日本号　「足元がお留守だぜ」

安土城・門中

時間遡行軍を全て打ち倒す三日月たち。
薬研と骨喰が無銘に痛烈な一撃を与える。

無銘　「ぐ……」

よろめき、倒れる無銘。
その時、ひときわ大きな炎が天守から上がる。
「！」と見上げる三日月たちと無銘。

同・天守・最上階

煙と炎が立ちこめる中、信長が座っている。
前に置いた短刀をとって抜く。

信長　「……切れ味鋭くも、主人の腹は切らぬというが……
此度ばかりは頼むぞ、薬研藤四郎」

一気に腹に突き立てる。
炎が落ちて、一面を包む。

同・門中

長谷部「……信長公」
薬研「……これも俺の守るべき歴史のひとつか」
　燃える安土城。
三日月「……本丸へ戻るぞ」
　一同が水晶玉を宙に投げる。
　六人を包み込む桜吹雪。
　桜吹雪越しに、炎上する城が見える。
三日月「……」
　そして消える刀剣男士たち。
　その後ろで倒れている無銘のほうへ、桜の花びらが流れていく。
　無銘の仮面の周囲で渦巻く花びら。
　突然、仮面の下の目が強烈に発光し、仮面にヒビが入る。

本丸・建物の前

　大太刀の一撃に吹っ飛ばされる鶯丸と不動。
　大太刀は建物を見上げる。
大太刀「あそこか……」
　大太刀が建物の中へ入っていく。
不動「待て……！」
　と追おうとする不動と鶯丸を、時間遡行軍兵たちが取り囲む。
鶯丸「……！」

しかし突然、時間遡行軍兵の一部が倒れていく。
後ろに立っているのは山姥切、日本号、長谷部、薬研、骨喰。

山姥切「待たせた」
不動「みんな！」
鶯丸「三日月は」

日本号たちにフッと笑み。

同・主の部屋

襖を蹴破って現れる大太刀。
御簾の向こうでは召還装置がさらに光を増している。

大太刀「審神者よ……代替わりなどさせぬ……お前で途絶えるのだ……今、ここで……」

中へ踏み込むが――
立っている三日月。

三日月「ここは穢《けが》れた足で入ってよい場所ではない」

御簾の中で、審神者は光に包まれていく。

三日月「主、三日月宗近、ただいま戻った」

刹那、強くなる光に溶けていく審神者。

三日月「……」
大太刀「貴様……邪魔するな！」

大太刀の一撃が襲いくる。

大太刀　「……！」
　　が、三日月はがっちりと刀で受け止める。
三日月　「ここへは……入るなと言っている！」
　　激しい力で大太刀を押し戻し――

同・建物の前

　　窓を破って大太刀が落下してくる。
鶯丸たち　「!?」
　　続いて降り立つ三日月。
不動　「三日月！」
　　三日月は大太刀を見下ろす。
三日月　「諦めろ。この本丸は落とさせない」
大太刀　「この……」
　　大太刀が立ち上がる。
大太刀　「しつこいなまくらどもがぁ……！」
　　全員が大太刀に対峙する。
大太刀　「おおお！」
　　大太刀が一撃を放とうとする。
鶯丸　「来るぞ！」
　　だが次の瞬間、大太刀は動きを止める。
三日月たち　「？」
　　ゆっくり振り返る大太刀。

無銘が大太刀の脇腹に、短刀を突き刺している。

薬研「！　あいつは……！」

三日月たちも「!?」となる。

大太刀「無銘……」

無銘「俺は……無銘ではない……倶利伽羅江、倶利伽羅江だ！」

大きくなったヒビに、ついに仮面が砕け飛ぶ。

現れる倶利伽羅江の姿。

倶利伽羅江は短刀を引き抜き、

さらにジャンプして大太刀の片目を突き刺して着地する。

大太刀「ぐぅ……」

長谷部「あいつも刀剣男士だったのか……！」

三日月「倶利伽羅江と言えば、明智光秀の……」

薬研「！　そうか、だからあの時——」

×　×　×

回想——

光秀の懐に見える倶利伽羅江。

信長に斬りかかる無銘。

×　×　×

無銘改め倶利伽羅江が身構える。

倶利伽羅江　「よくも俺をお前たちの手先に使ってくれたな！」
三日月　「みなゆくぞ。とどめを」
全員が一斉に大太刀に向かう。
倶利伽羅江　「よくもおおおお！」
打ち込まれるそれぞれの刀。
衝撃によろめいていく大太刀。
大太刀　「ぐ……うあああああ！」
大太刀が咆吼《ほうこう》する。
そして、三日月のとどめの一太刀。
大太刀　「がああああ……！」
ついに倒れる大太刀。
その体が消滅し、黒い霧が立ち上っていく。
上空で霧は消滅し、広がる青空。

×　×　×

主の部屋の中は、打って変わって静まり返っている。
御簾の中にはペンダントだけが残されている。
その石がわずかに光り始める。

×　×　×

三日月　「……」

安土城・天守跡（朝）

焼け跡に立つ秀吉。
焼け焦げた短刀を拾い上げる。

秀吉　「お館様……」
ずずっとすすった鼻水を、手鼻で飛ばし、
待っている武将を振り返る。

秀吉　「清洲へ行く」
一転、堂々と歩き出す秀吉。

N　「秀吉は、明智の残党、明智左馬助によって
安土城が炎上したと触れ回った。
そして以後、天下への道を歩き出すこととなる——」

本丸・全景（日替わり）

結界が元に戻っている。

同・主の部屋

下りた御簾の前に、鶯丸を筆頭に、三日月たちと、
遠征から帰った刀剣男士たちがずらりと並んでいる。
それぞれ言葉を交わしている。

三日月　「みな、そろったか」
　　話をやめる一同。
鶯丸　「ああ、遠征組も戻っている」
　　頷き、御簾の方向へ向き直る三日月。
三日月　「それでは、主」
　　御簾が上がっていく。
　　中でちょこんと座っているのは、
　　まだ三歳にも満たない小さな幼い審神者。
　　鶯丸たちが見つめる。
三日月　「みなの者、本日こちらにあられる方が、
　めでたくこの本丸の審神者になられた。我らの主だ」
　　「おお……」となっている男士たち。
　　鶯丸たちがそろって平伏する。
三日月　「主、我ら刀剣男士一同、身命投げ打ってお仕えいたします」
　　あどけない幼い審神者の笑顔。

同・縁側

　　縁側でお茶を飲む三日月。
　　幼い審神者と一緒に遊ぶ刀剣男士たち。
　　鞠を投げたり、みなもうすっかり仲良し。
　　幼い審神者を抱き上げる三日月。
　　そこへ舞ってくる一枚の桜の花びら。

幼い審神者が無邪気に手を伸ばす。
しかし、花びらはそのまま空へ舞い飛んでいく。
それを見つめる三日月。

三日月「主、三日月宗近、また守りたいものが増えたぞ。
まったく老体には少々堪《こた》えるがな（笑）」

笑顔の幼い審神者。
鶯丸たちも笑顔で幼い審神者を囲んで——

三日月「よきかな、よきかな」

END

特別インタビュー壱

脚本家

小林靖子

野の花の場面に〝なぜ、歴史を守るのか〟そのわけを映しました

実は、三日月が小さい女の子を抱っこしている、というのは最初から決めていました。刀剣男士の世界には女性がひとりもいないので、最後に女の子が出るとふっと雰囲気が和らいで、本丸決戦のあとの安らぎの象徴として効果的かなと思いました。少年だと、またこの子が戦いに向かっていく…となってしまうので。それに三日月が抱っこしていると、絵になるなあ、と。

安土城の展開は、何となく思いついたんです(笑)。安土城が燃えた理由というのは、はっきりしていなくて、いろいろな説があるので、それらを調べているときに、これはハマるな、と。他の作品でもそうなのですが、ハマるな、と思うと、だいたい大丈夫だったりします。それから審神者の代替わりや本丸決戦は、映画としてのダイナミズムはもちろんですが、三日月にある事情を抱えさせることで、少し感情を動かしたいということもありました。神格化されていない、三日月のお芝居としての見せどころをつくりたいなあ、と。

今回はかっこいい刀剣男士をつくろうというのがあって、ひとつひとつの段取りがかっこよく見えるように書きました。例えば冒頭の本能寺のアクションシーンではそれぞれが出てきて、ひとことセリフを言うのですが、日本号と長谷部、不動が軽妙な掛け合いから出てきて、薬研、山姥切、奥から三日月が出

てきて締める、とか。ほかでは、ひとりで戦っている三日月のところにみんなが戻ってきて、ひとことかけて戦っていく、それに打たれた三日月が「焼きが回ったな……」というところ、とかですね。特にかっこよさを込めた場面としては、このみんなが戻る前に、三日月がひとり踏みとどまって「じじいはここからがしぶといぞ」と言うところです。「倒すぞ」とかまっとうなことを言わずに、「しぶといぞ」とちょっと外す感じが好きです。歌舞伎的というか、昔の時代劇のようなというのか、昔っぽいのが好きなんですよ。（日本号役の岩永さんがこの場面を「靖子節」と賞した話題を受け）、悔しいですねえ（笑）。まあ、ここは見せ場としてかっこよく書いたので。

野の花は、刀剣男士の使命である〝歴史を守ること〟がどういうことなのか、この映画での拠《よ》りどころとして描いています。名もなき、儚い人たちを野の花に映して、鈴木拡樹さんのお芝居で説得力をもたせて…。刀剣男士の興味深いところは、何が何でも命のあるものを助ける、ということではない、というところですね。死んだ信長も、信長である、という…そこも含めて、人を守る、ということを、三日月の言動に託しました。

個人的には、エンターテインメントなので、映画館に来てくださって楽しかったと思っていただけたら、それだけで十分です。シナリオブックということであえてお伝えするとしたら…、字面《じづら》で見たものを監督や役者さんがこういう解釈をして、こういう言い方にしたんだ、ということを本編と見比べてみるのも面白いのではないか、と。「！」がついているけれど、実際には単純な驚きではない表現にしている、など文字の物語がどんな風に立ち上がってきたのか、ということを見るのも一興かなと思います。

■こばやしやすこ／1965年 東京都生まれ。『仮面ライダー』シリーズ、『美少女戦士セーラームーン』『侍戦隊シンケンジャー』『烈車戦隊トッキュウジャー』などの戦隊シリーズのほか、TVアニメ『ジョジョの奇妙な冒険』シリーズ、『進撃の巨人』『どろろ』など話題のアニメ作品も多く手がけ、その鮮やかでドラマティックな展開はファンから熱狂的な支持を得ている。時代劇に造詣が深く、某TVショッピング番組好きという意外な一面も。

三日月宗近 鈴木拡樹

もうひとつの戦う理由、それは
この本丸の仲間を守りたいということ

壮大なようでいて、実はとても家庭的な物語なのかなと思います

「歴史とは人。私はその人を守りたい」というセリフが僕は大好きで、そう言った三日月はとても素敵だなと思いました。ここが映画のいちばんのテーマだと理解して、このシーンに懸けていたところはあります。

そして、骨喰に「守りたいものが増えるばかり」と笑みを見せるのですが、我々刀剣男士はもちろん歴史を守るために戦っていて、それは使命としてもっていて、そうあらねばならない。でも、その中で戦っているもうひとつの理由が芽生えたのだとしたら、それはこの本丸の仲間たちを守りたい、ということなのかもしれない。三日月は自分の本心をストレートにはさらけ出さないですし、その前に「お前の戦う理由もそのうちわかるだろう」と言っているように、直接的な物言いをしないので、ここで骨喰にそう言えたのは、三日月にとってもひとつ成長した部分だったのではないかと思います。

今回の映画では、三日月の葛藤を描こうと監督とお話しさせていただきました。野の花のシーンなど、メッセージ性の強いところが多いかもしれませんね。踏みにじられた花を見た三日月の表情とか、ささいなものを守るのも難しいものだな、という…三日月の苦悩が垣間見えるのは、貴重かもしれません。

主との関係も映画ならではの設定がありました。目の前で会話をしたのは感慨深かったです。たぶん、映画の主とは主従関係ではあるのですが、古い縁というか、とても近しいものがあるような気がして。一緒に生まれ育った幼なじみのような感覚なのかな。

この本丸は、家族のようなものだと思います。壮大なようでいて、実はとても家庭的な物語。歴史改変を阻止するという大命と、もうひとつの戦う理由…身近な人を守りたい、というところに焦点を当てているので、共感していただきやすいと思います。

殺陣《たて》で注目していただきたいのは、ドローンで撮影した上空から見る戦闘です。上から見る殺陣というのは面白いですよ。突き進んでいくという演出も上からだとまた違った迫力があるので、見どころです。

それから個人的には、斬った瞬間に時間遡行軍が塵のように消えていくのを見て、ワクワクしました(笑)。

現場でも、簡単に編集したものを見せていただいたのですが、映画だなあと実感したのはそこですね。

　そうそう、日本号がいたことも新鮮でした。日本号、かっこいいなあ、と。衣装もおしゃれですし。新しい現場だなと思いました。

　テクニック的なことでいうと、刀を直接、人に当てて斬る、というのがいちばん苦労した点です。感情的に少し崩れて振るときなどは、一瞬怖かったりもしました。体が先に〝近すぎるっ〟って反応して、勝手に止めちゃうときがあったり。相手のことを信じて斬らないと、リアルないい表現にならないと頭では分かってはいるんですけど。

　戦う瞬間に、刀である意識にスイッチを変える、ということはあります。人の体を得て、刀はどこで表現する?と考えたときに、ここ（腰の刀）が本体なんです。こっちが斬られたら、体は消えるので絶対、地面に着けないようにしていますし、人とぶつかりそうになったら、パッと抱えて守ります。意識が常に腰にある。こういう感覚は、ほかの作品ではないことですね。

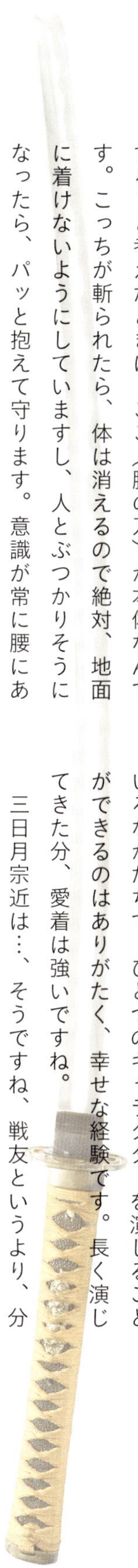

三日月宗近というキャラクターは戦友というより、分身に近い存在ですね

　実は、三日月宗近を演じさせていただく前は、アクションでここまで刀を使うということはなかったんです。ほかのみんなが刀をもっていても、僕だけ素手ということもありましたし。ええと、それは戦いそうに見えなかったからじゃないですかね(笑)。

　僕は不器用なので、殺陣も人よりできない、というのが常にベースです。できないから、できる人をずっと観察したり。不器用だから気がつくことは多いんです。できないことは、〝できる〟に変えるチャンスでもある。年月がかかることもあるかもしれませんが、それでも徐々に変わっていて。変えたいという意思をもつ、ということが大事なんだな、と。それは役者を始めて、初めてわかったことでもあります。

　長く演じたいとは願っていましたが、こんなにいろいろなかたちで、ひとつのキャラクターを演じることができるのはありがたく、幸せな経験です。長く演じてきた分、愛着は強いですね。

　三日月宗近は…、そうですね、戦友というより、分身に近い存在です。

◆すずきひろき／1985年 大阪府生まれ
主な出演作品：舞台『最遊記歌劇伝』『弱虫ペダル』『刀剣乱舞』シリーズ、『あずみ～戦国編』『髑髏城の七人 Season月 下弦の月』『No. 9 —不滅の旋律—』『どろろ』（2019年３月公演予定）、TVアニメ『どろろ』、『２.５次元男子推しTV』のMCなど。

山姥切国広
荒牧慶彦

山姥切国広を背負っていく責任感がより強くなりました

　山姥切はウジウジしていながら実は内心、一本筋が通っていて気が強いんですよ。映画ではそこが顕著に表れていると思いました。キャストのみんなとは映画の本丸でも山姥切が初期刀だよね、と話しました。だから三日月に対して対等な物言いをしているし、三日月ほどではないのですが、周りも一目置いているという演技をしてくれています。

「年寄りなら長話は得意だろう」というセリフは、山姥切が本当は三日月を信じていた、というのがわかるセリフなので、言っていてうれしかったですね。個人的には、三日月とふたりだけのシーンが欲しかったですけど(笑)。

　映像ではより映えるだろうと思っていたので、布のさばき方とか被り具合とか、きれいに見える角度を探しました。あまり顔を見せたくないときは右側に向けるとか、いつもフード部分を手で少し触るのがクセだろう、とか細かい仕草を考えました。

　映画では布もマントくらいの長めのサイズで、なびき方も華やかになっているので、そこは注目していただきたいですね。

　山姥切の魅力は、風貌からは見て取りにくいのですが、男らしいところです。コンプレックスはありながら、一本自分の中に強いものをもっています。以前、足利で本物を見たときに、思った以上に太くてたくましくて、驚きました。顔と呼ばれる、切先《きっさき》の部分が通常より長くて、カーブが美しくて。ことあるごとに、あの刀の形を思い出します。あの刀を振っている、というイメージで演じています。

　山姥切国広という役は今の自分の何もかもに影響を与えてくれました。順調にお仕事をいただくようになりましたし、お芝居の面でも学ばせていただきました。たくさんのファンの方々にも出会えました。僕自身、山姥切国広を愛していますし、感謝しています。映画でも演じさせていただいたので、背負っていく責任感がより強くなりました。

　それと…、稽古のときにフードがないと落ち着かなくなりました(笑)。ブログの写真を撮るときとかも、だいたい被ってますね。

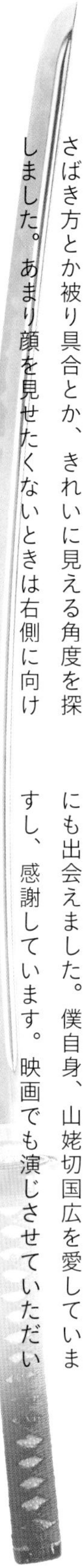

◆あらまきよしひこ／1990年 東京都生まれ。
主な出演作品：ミュージカル『テニスの王子様 2ndシーズン』『忍たま乱太郎』『薄桜鬼』シリーズ、舞台『刀剣乱舞』『あんさんぶるスターズ！オン・ステージ』シリーズなど。

薬研藤四郎
北村諒

今回の映画では、薬研が自分の感情を言うことが面白いなと思いました。いつもクールで、みんなに対しても自分に対しても一歩引いて見ているという感じだったので、山姥切との内面的なやりとりで、自分の思ったことを言うのは新鮮でした。薬研を好きなみなさんが見て、どう思われるのか楽しみですね。

　薬研は、どんな歴史も受け入れていくような気がします。だから安土城でのことが分かっても、そうか、そうなんだ、と。新たに知ったことをかみ砕いて受け入れて、前に進める、強い刀剣男士なんだと思います。受け入れる力が強い。短刀のくせに、キャパシティが大きいんです(笑)。

どんなことも受け入れて前に進める、薬研は、強い刀剣男士なんです

「これも俺の守るべき歴史のひとつか」というセリフにあるように、自分のことはいったん置いて、冷静に状況を分析するようなところが、ほかの刀剣男士と違うスタンスなのかな、と。史実だと、薬研は行方不明になっているので、ミステリアスで、だからこそフラットな状態でいられるのかな、と思っています。

　僕も普段からそんなに少しのことでは動じないというか、嫌だとか言わないほうなのですが、薬研に影響を受けたのは、この受け入れる心ですね。知らないことを拒むのではなく、まずは「あ、それもいいんじゃない」という。大人になりました(笑)。

　信長さんに対して、薬研がどう思っているのか…、好きなのか、そうでもないのか、そこはどっちにも振り切らずに、織田信長という主がいたという事実だけを知っている。僕の中では固めずに演じています。

　撮影で覚えているのは、アクションシーンが多かったということです。空中で回転しているのは、薬研はこうだろうとアクションチームの方が考えてくださって。本編でも殺陣のシーンがすごくカッコよかった。距離感も近いし、実際当ててるし、ヒヤっとする感じがとてもありました。

　刀を演じて変わったことは、物にも心が宿ると知ったときに、これは大事にしなくては、と思うようになったことですかね。家でボロボロになったスリッパを捨てるときも、ありがとう、と感謝の気持ちを伝えてから、捨てています。

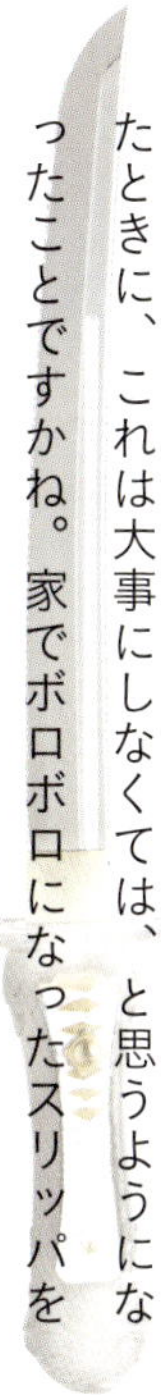

◆きたむらりょう／1991年 東京都生まれ。
主な出演作品：舞台『弱虫ペダル』シリーズ、『刀剣乱舞 虚伝 燃ゆる本能寺』『あんさんぶるスターズ！オン・ステージ』『青の祓魔師 京都紅蓮篇』『おそ松さん』シリーズ、TVドラマ『妖怪！百鬼夜高等学校』など。

へし切長谷部
和田雅成

「……信長公」という
セリフの「公」に
映画の長谷部の肝があります

「……信長公」って、長谷部が言うんです。「公」って唯一、呼んでるんですよ、ここで。信長に対していろいろな感情をもっている中で、絶命するのがわかった瞬間、思わずこぼれた…。僕、台本にもここの感情を「ぐちゃ」と書いているんです。心がぐちゃぐちゃ、愛情と悲しみが入り交じった、ひとことでは言い表せられない感情。この「公」というセリフをいちばん大切に演じたいと思いました。そのときになってみないとどんな感情がこみ上げてくるのか分からなかったし、その素直な感情を表現したかったので…、あえて「ぐちゃ」と。映画の長谷部の肝ですね。現場でも自然に口からこぼれたと思います。

映画での長谷部は、自分から「下げ渡されたクチ」と言っているし、ひとつ乗り越えた感があるのかな、と思いました。でも、だからこそ、「信長公」に意味がある。執着していないように見えたのに、実は思いが強かった。僕は脚本を読んで、怖いと思いました。どんな思いで書かれたのかな、長谷部の描き方すごいな、と。長谷部という役について月日でいったら絶対、僕のほうが考えている時間が長いのに、小林さん、すごいな、と。偉そうに書かないでくださいよ(笑)。

あと、挑戦しているなあと思ったシーンが、三日月の胸ぐらをつかむところですね。監督に相談しようか迷いましたもん、胸ぐらいきます？って。天下五剣の三日月に対して、長谷部が胸ぐらをつかむ、この勇気。結構しびれましたね。しかも、ここでまっすぐにつかんでいるから、あの三日月を抱き寄せる場面が生きる。ひとりひとりにこんなドラマをつくって成立させているのはすごいと思いました。この映画、絶対、ヒットすると思います(笑)。

長谷部は間違いなく、僕の人生を変えた役です。たくさんの出会いをいただきました。今回の映画では、日本号役のヒロさんに、「瞬きの意味を考えて、相手を斬ったほうがいい」とか映像的なことをいろいろ教えていただきました。

よく覚えているのは、ロケ先の伊勢で一緒にラーメンを食べたこと。ヒロさんが美味しそうに食べていて、その笑顔が撮影の思い出ですかね(笑)。

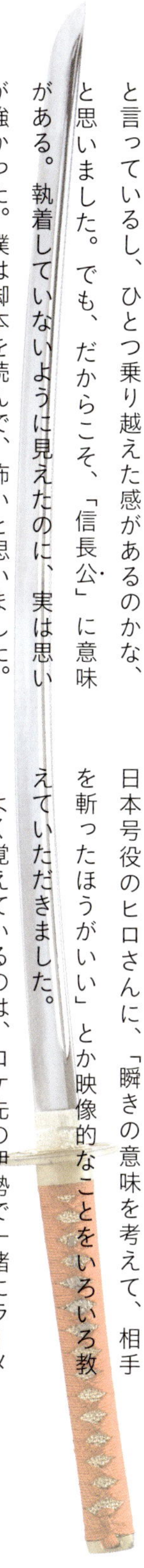

◆わだまさなり／1991年 大阪府生まれ。
主な出演作品：舞台『刀剣乱舞』『おそ松さん』シリーズ、『弱虫ペダル 新インターハイ篇』『家庭教師ヒットマンREBORN！ the STAGE』『体内活劇 はたらく細胞』『画狂人 北斎』、ミュージカル『薄桜鬼 志譚』シリーズなど。

日本号
岩永洋昭

日本号は酒好きで普段はふわっとしていますが、やるときはやる大人の男。兄貴的な感じで、刀剣男士の中でも僕がいちばん年長で、酒好きなので(笑)、似ていると思っていました。

台本には、ほとんど書き込みはしないし、現場にも持っていかないですね。あまり器用なほうではないので、役をつくり込みすぎて、現場で違うと言われたら、すぐに変えられないので。最低限のセリフとシーンを理解した上で撮影に臨み、監督とディスカッションしやすい状態にしています。

日本号は魅力的なセリフが多いんですよ。例えば、長谷部と三日月が言い合うシーンでは、一歩引いて客観的に見ながら長谷部をいなしつつ、三日月にも「あいつの言うことも一理あると思うぜ」と声をかける。日本号のキャラクターを表している、分かりやすいシーンだと思います。また後半で、三日月に対して「あんたも本丸だよ」というセリフは、自分でも日本号かっこいいな、と思いました。

目の前のものを守ることが
すべてのことに
つながっていくのだと思います

脚本を手がける小林靖子さんは、『仮面ライダーオーズ／ＯＯＯ』でご一緒させていただいて。今回の現場でお会いした際、「お酒飲むし適当だから、そのまんまできるでしょ？」と言われて、イラッとしました(笑)。以前は現場で言い回しを変えさせていただくこともあったのですが、今回はあまりなくて。僕に寄せて書いてくださったのかもしれないですね。

ちなみに、現場で靖子さんが（鈴木）拡樹と初対面で緊張されていたときに、僕が間に入って「〝靖子にゃん〟って呼んでいいよ」とか言ってたんです(笑)。本作でも泣かせておいてから……手のひらで転がす靖子節は健在なので、ぜひ楽しみにしていてください。

僕は二年前に子供が生まれて、家族という守るものができた。この映画も守るべきもののために命を懸ける、ということが描かれていて、重なるものがありました。皆さんにとっても自分に問いかける、ひとつのきっかけになったらうれしいです。中でも日本号は、仲間を守るという思いが強い。目の前のものを守ることが、すべてのことにつながっていくのだと思います。

◆いわながひろあき／1979年 長崎県生まれ。
主な出演作品：TVドラマ『ハケンの品格』『仮面ライダーオーズ／OOO』『アンナチュラル』、TVアニメ『ベルセルク』、映画『劇場版 仮面ライダーオーズ WONDERFUL 将軍と21のコアメダル』『ベルセルク 黄金時代篇』シリーズなど。

骨喰藤四郎
定本楓馬

何もない状態から大切なものを見つける、という過程を演じられたのは大きかったです

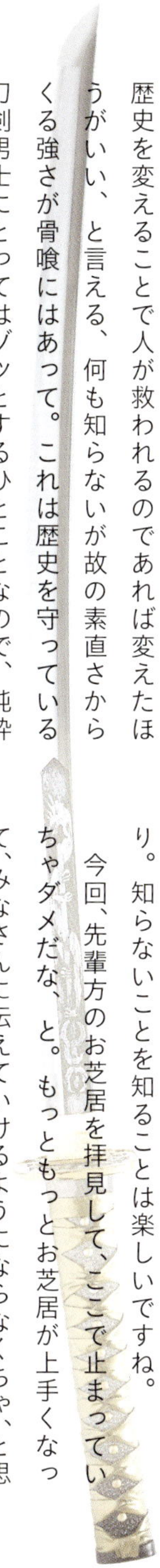

骨喰に決まったと聞いたときは、軽く家の中をぐるぐる歩きましたね。マジすか、マジすかと言いながら(笑)。『刀剣乱舞』というコンテンツの大きさもありますし、映画にメインキャストで出演させていただくのも初めてですし、殺陣も初めてで…。死ぬ気で頑張ろうと思いました。

　骨喰藤四郎は記憶があまりないので、本当に何も分からない状態でいたいと、あえて自分の刀についてては事前に調べずに、周りの刀剣男士たちと触れ合って、何を感じるのかということを大事にしました。知っている歴史がよぎったら怖いなあと思って。

　「歴史とは、守らなければならないものなのか?」というセリフがあるのですが、歴史を変えることで人が救われるのであれば変えたほうがいい、と言える、何も知らないが故の素直さからくる強さが骨喰にはあって。これは歴史を守っている刀剣男士にとってはゾッとするひとことなので、純粋に言うように心がけました。

　戦う理由として、三日月は名もなき人のために言うのですが、記憶があまりない骨喰にとっては、間違いなく自分と関わった仲間がいて、何でここにいるのかは分からないけれど、今自分を必要としてくれている仲間のために生きてみよう、という気持ちです。

　今回、何もない状態から大切なものを見つける、という過程を演じられたのは、新鮮でした。この感覚は自分の中で大きかったです。僕自身は感動したドラマがあって役者に興味をもって、専門学校に行って、仕事を始めて…と、夢や目標が見つからない、ということがなかったので…。何もないと、本当によく周りを見るものですね、人も景色も。今では、この人は何を考えているのだろう?とか、スイッチは何でスイッチというのだろう?とか調べたり。知らないことを知ることは楽しいですね。

　今回、先輩方のお芝居を拝見して、ここで止まっていちゃダメだな、と。もっともっとお芝居が上手くなって、みなさんに伝えていけるようにならなくちゃ、と思いました。見てくださった方にも明日また頑張ろう、と思っていただきたいですし、そうなると信じています。

◆さだもとふうま／1995年 北海道生まれ。
主な出演作品：ミュージカル『テニスの王子様 3rdシーズン』舞台『ひらがな男子』『戦刻ナイトブラッド』『ミラクル☆ステージ「サンリオ男子」』、映画『ミックス。』など。「男劇団 青山表参道X」のメンバー。

不動行光
椎名鯛造

映画の不動は、極《きわめ》の直前くらい、50、60レベルにはなっている、やるべきことが分かっているという印象を受けました。本能寺にはすでに出陣したことがあり、それを踏まえてもう一回行ったような。冒頭の「……ごめん」というセリフを後ろ姿で言うところは、監督の演出なのですが、よき角度で撮っていただいて、感謝です。そうだ、演じていてつらかったところがあって…、燃える本能寺を見つめつつ帰る場面ですね。信長様と蘭丸の死を受け入れなくてはいけない、昔の自分と同じではいけない、と思ってはいるのですが、複雑で。セリフはないけれど、すごくつらかったです。

キャスト同士も仲がいいですし、スタッフさんとも相当コミュニケーションの取れる現場だったので、撮影は楽しかったです。不動はヘアメークに時間がかかるので、いつも出発がみんなより早かったんですよ。長谷部役の和田くんとは二時間も違ったので、「俺はずっと先発投手だ」ってわちゃわちゃしたり。衣装が短パンなので、ブヨに刺されまくったり(笑)。

信長様の刀だったという不動の誇りと自信を大切にしています

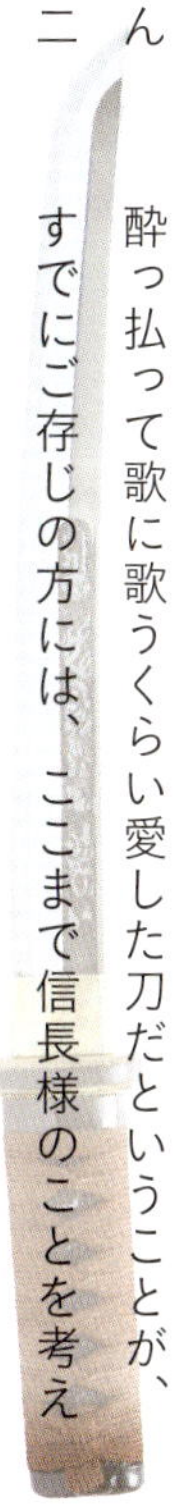

バク宙は、アクション指導のときに、回れますよ、というのはお伝えしたんです。短刀ですしね、機動力は見せたいなあ、と。髪の毛が長いと遠心力がかかって体がもっていかれるので、現場でどうなるのか分からなかったのですが、大丈夫でした。あれはワイヤーでもなく、吹き替えでもなく、僕です(笑)。

不動を演じていて、いちばん大切にしているのは、

信長様の刀だったんだぞ、という、強気な気持ちです。信長様にも蘭丸にも大切にされたという、誇りと自信が不動の根幹にある、と思っています。

不動と出会ったことで、僕の人生も仕事も大きく変わりました。映画が公開されて、また変わっていくものもあるのかな、と思っています。映画で初めて不動を知った方には、信長様が酔っ払って歌に歌うくらい愛した刀だということが、すでにご存じの方には、ここまで信長様のことを考えていたということが伝わるとうれしいですね。かつては信長様と蘭丸に、今は主の無償の愛に応えたい、恩返しをしたいと思っている…不動はかわいい刀なんです。

◆しいなたいぞう／1986年 岐阜県生まれ。
主な出演作品：舞台『最遊記歌劇伝』『戦国BASARA』『弱虫ペダル』『刀剣乱舞』シリーズ、『家庭教師ヒットマン REBORN! the STAGE』、ミュージカル『忍たま乱太郎』『薄桜鬼』シリーズ、映画『DIVE!!』など。

鶯丸
廣瀬智紀

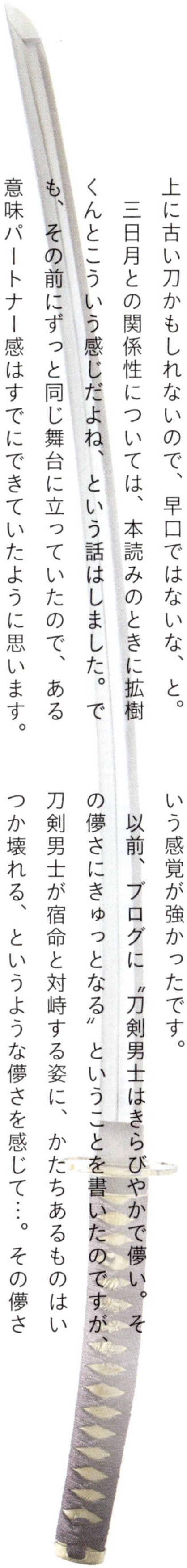

鶯丸には自分と似ているところを感じています。マイペースだったり、ゆったりした感じとか、争いを好まないところとか。僕も基本的にはそういうところがあるので、自然と鶯丸としてそこにいられる感覚がありました。演じるというより、鶯丸として生きていたい、と思っていました。

心がけたのは、スッとした姿勢と、本丸の中での立ち位置です。留守居役としてのお兄ちゃん的な存在であったり、三日月のよき理解者でありたいというところだったり。刀剣男士それぞれが抱えている悩みやトラウマを自分も一緒に背負う、という懐の深さをイメージしました。それと、穏やかな口調も。三日月と同じくらい、もしくはそれ以上に古い刀かもしれないので、早口ではないな、と。

三日月との関係性については、本読みのときに拡樹くんとこういう感じだよね、という話はしました。でも、その前にずっと同じ舞台に立っていたので、ある意味パートナー感はすでにできていたように思います。現場も、三日月とふたりのシーンという、いいところから始めさせていただいたので、ここで根幹ができたように思います。それはありがたかったですね。

かたちあるものはいつか壊れる…その儚さが刀剣男士の魅力だと思います

殺陣のシーンでは、アクション監督さんがシュッシュッと刀を振っていた鶯丸がこんな重いひと振りをするんだ、という見せ場をつくってくださいました。争いは好まないのに、刀を振ったらうれしいという、オトコ心(笑)。実は、鶯丸には斬らなくて済むのであれば、時間遡行軍を斬りたくない、というところがあるのではないかと感じています。時間遡行軍を斬っているのではなく、歴史を改変するという横暴さを斬っているのかもしれません。

今回の映画では、すごく大きなチャレンジに、スタッフさんもキャストも一丸となって向き合っているという感覚が強かったです。

以前、ブログに〝刀剣男士はきらびやかで儚い。その儚さにきゅっとなる〟ということを書いたのですが、刀剣男士が宿命と対峙する姿に、かたちあるものはいつか壊れる、というような儚さを感じて…。その儚さが、彼らのきらめきであり、魅力なんだと思います。

◆ひろせともき／1987年 埼玉県生まれ。
主な出演作品：舞台『弱虫ペダル』シリーズ、『髑髏城の七人 Season月 下弦の月』『カレフォン』、ミュージカル『スサノオと美琴～古事記～』、映画『HiGH&LOW THE MOVIE』シリーズ、TVドラマ『男水！』など。

刀剣男士の台本 拝見!

北村 諒 as 薬研藤四郎

撮影前に書き留められた、薬研のスタンス。そして感情表現のメモは吹き出しや(>_<)などの絵&顔文字でした(^_^)

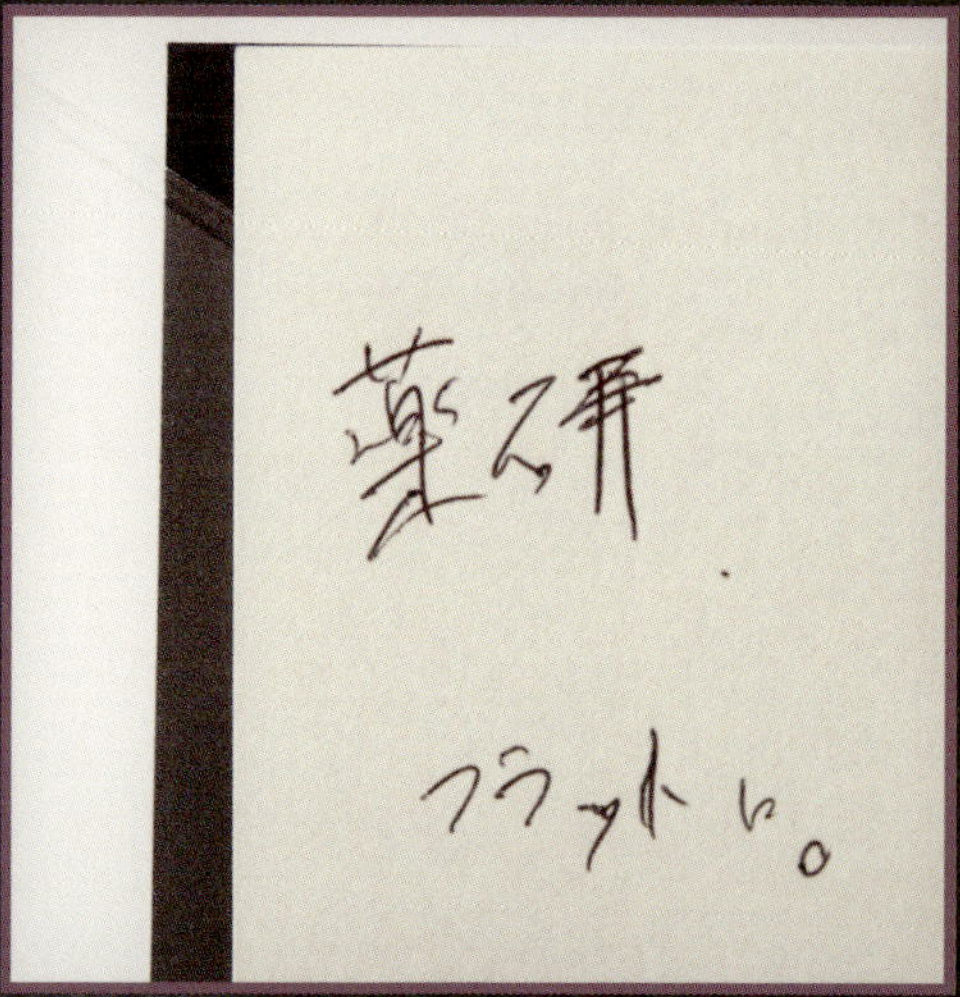

鈴木拡樹 as 三日月宗近

まったく書き込みのない台本の中でただひとつ、控えめな手書きの印がついていたのは…やはり、ここでした。

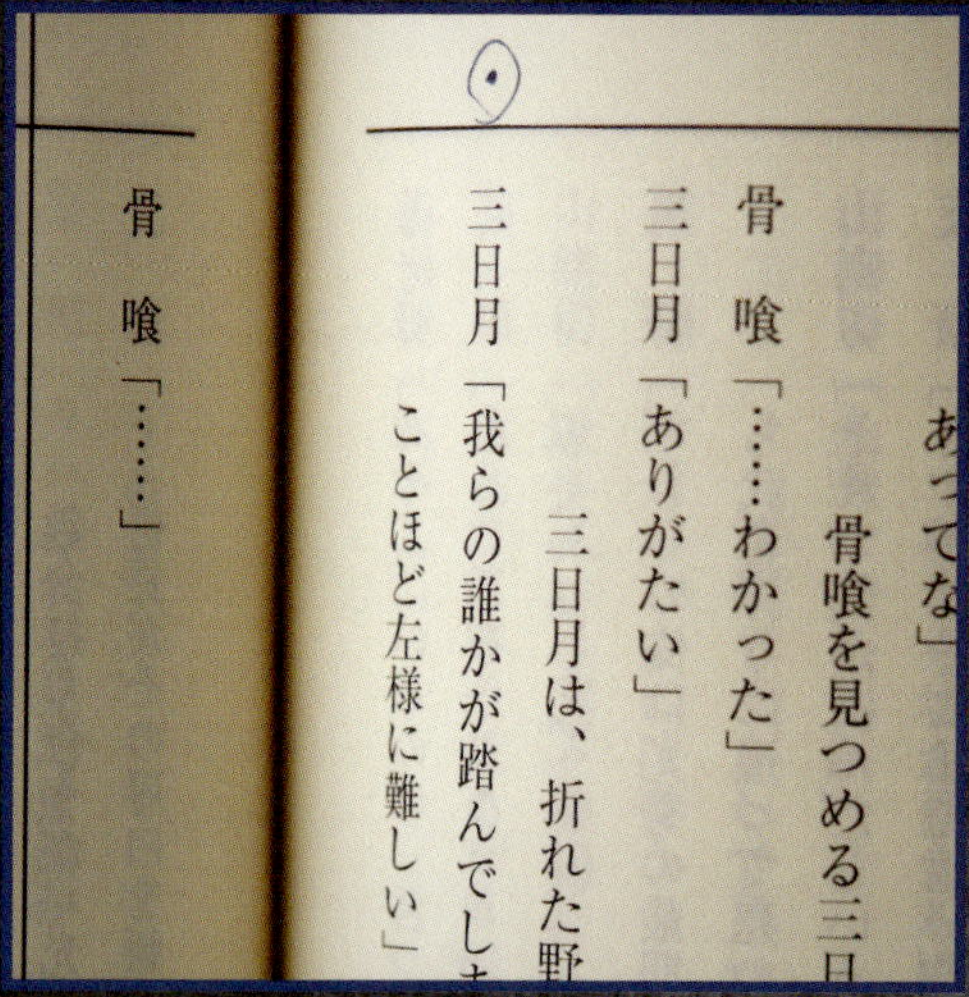

和田雅成 as へし切長谷部

これが噂の(!)「ぐちゃ」です。ほかにも演技の確認などが多々書き込まれていて、いちばん熱い(!?)台本でした。

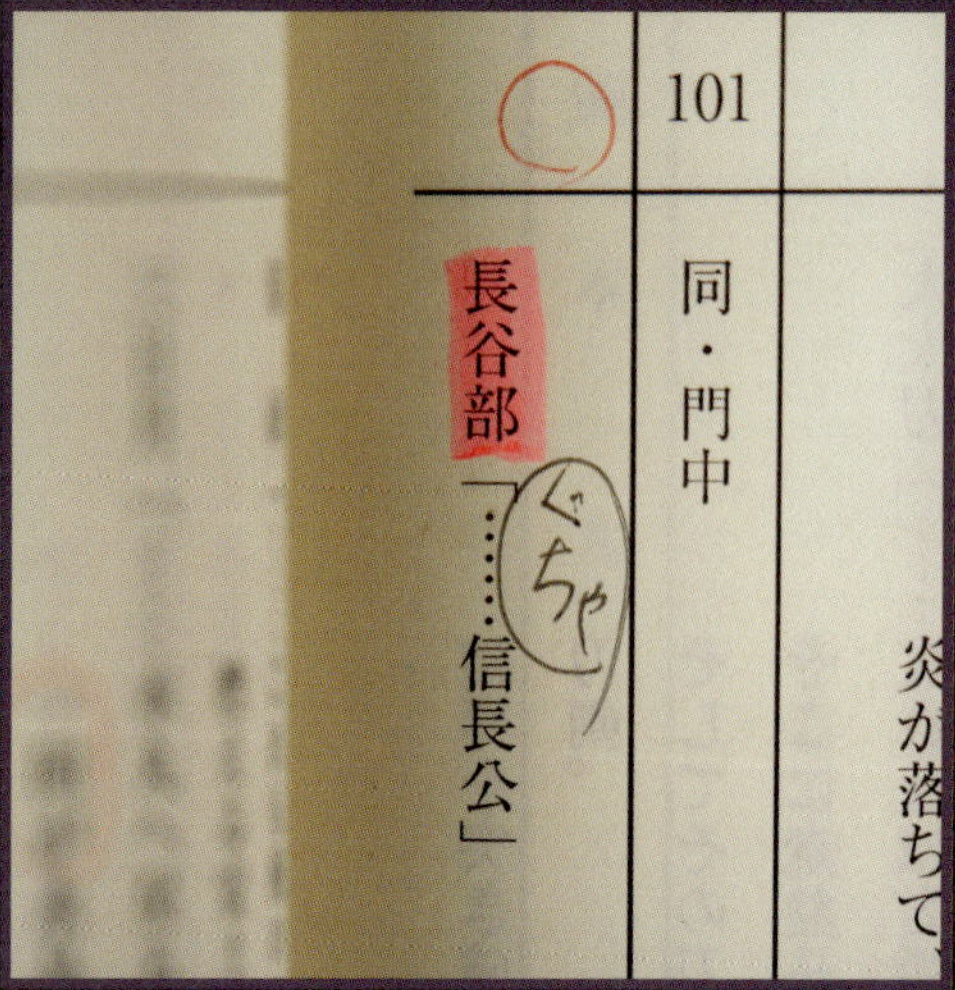

荒牧慶彦 as 山姥切国広

口にするのがうれしかったとお話しされたセリフにも、丁寧にピンクのマーカーが。セリフ覚えは早いそうです。

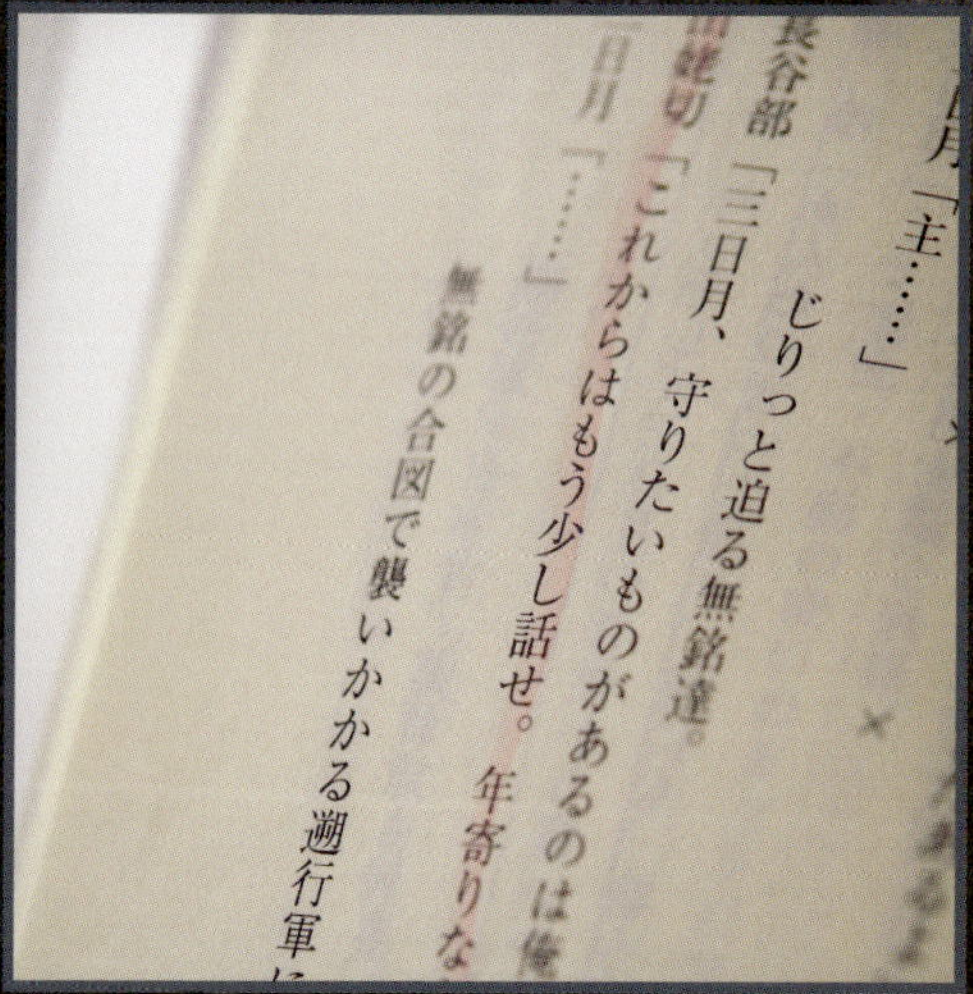

椎名鯛造 as 不動行光

たった一か所の書き込みは、冒頭の殺陣の段取り。撮影前夜に確認しやすいので、自分流に文字で起こすそう。

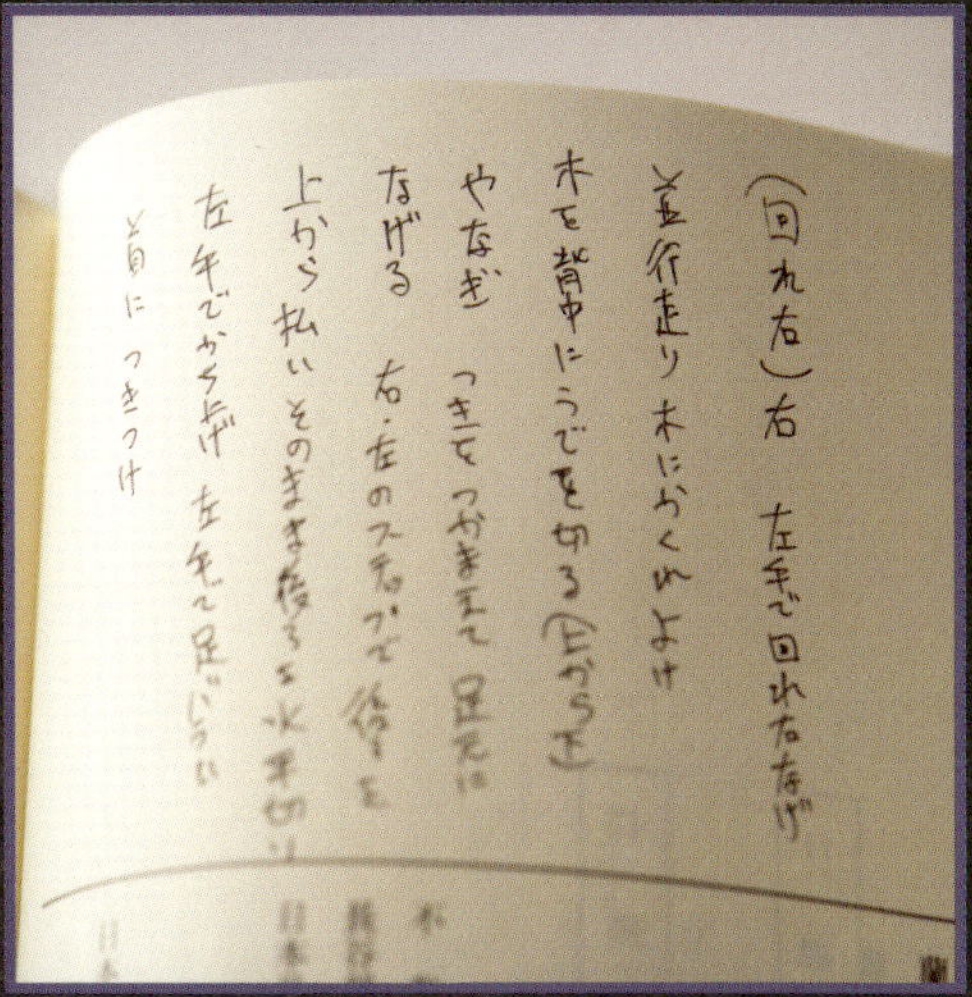

岩永洋昭 as 日本号

裏表紙の豪快なタッチのサイン。現場で口ずさむことになった黒田節の一節が、唯一の書き込み。日本号らしい!?

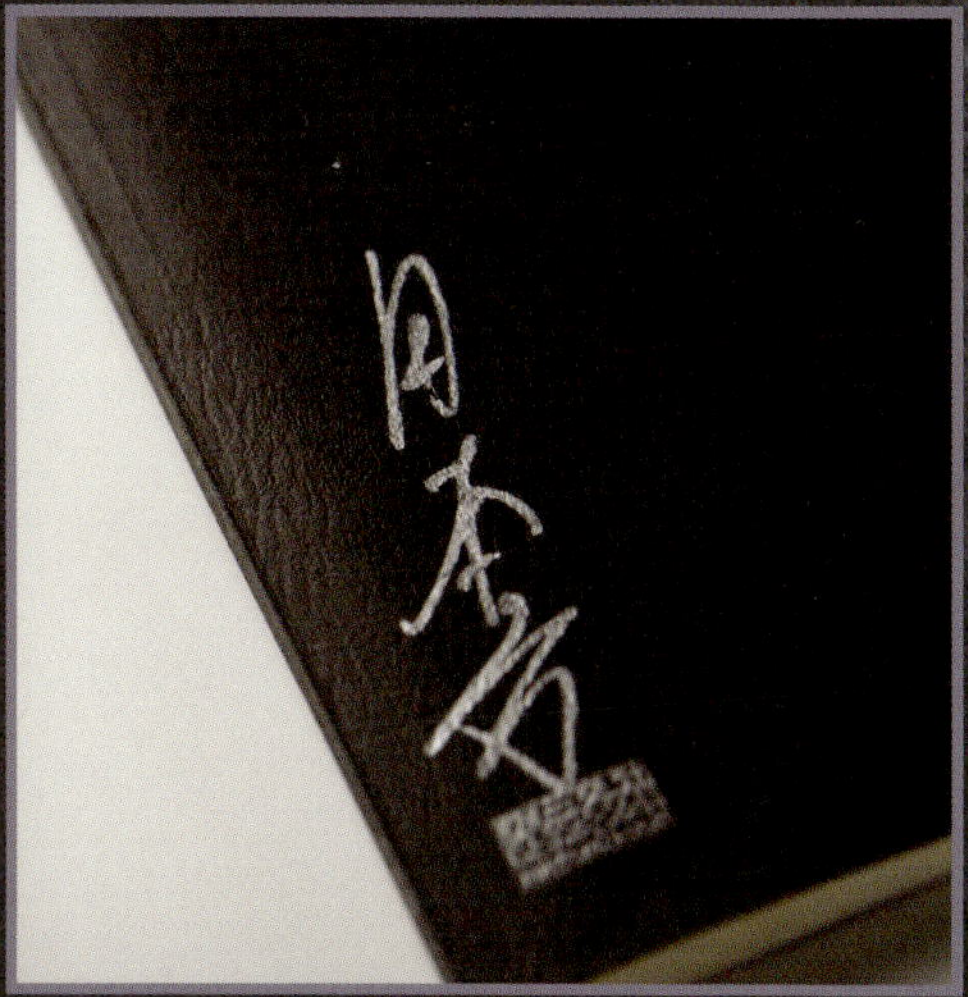

廣瀬智紀 as 鶯丸

一ページ目の右余白に記された、鶯丸の在り方。初役だったので、キャラクター性をあれこれ模索したとか。

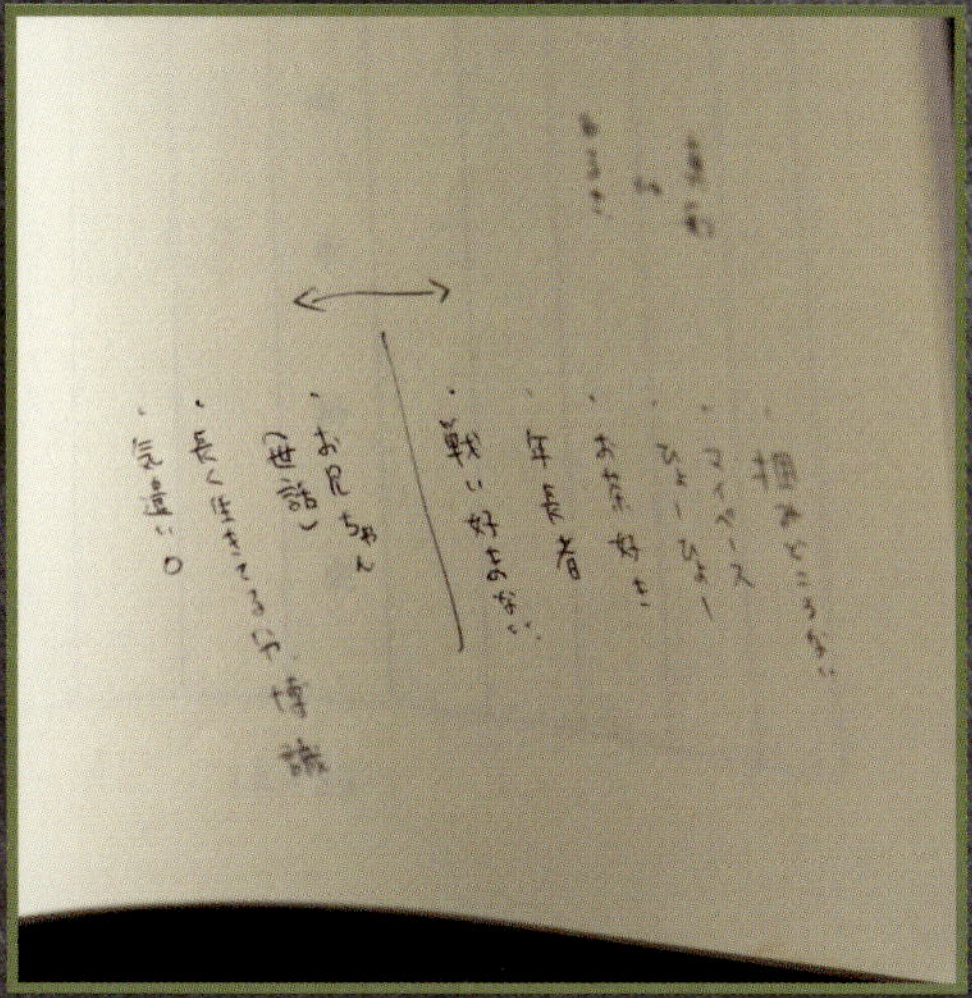

定本楓馬 as 骨喰藤四郎

場面の目印に付けたピンクのふせんがフリンジのようでした。現場で変化するので、気持ちは書かないそうです。

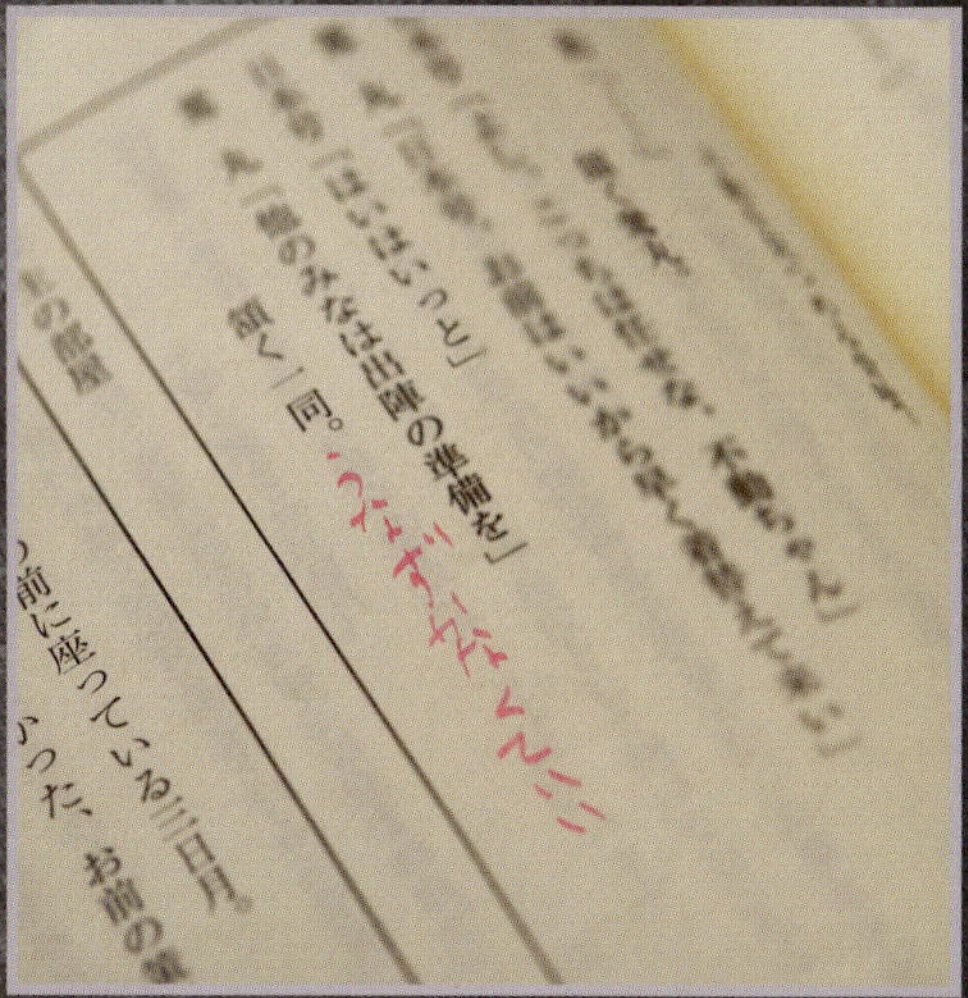

特別インタビュー　弐

監督

耶雲哉治

過去があるから、今と未来がつながっていく。ラストカットにはそんな思いを込めました

刀剣男士それぞれがもつ儚さ、一瞬のきらめきみたいなものが映像で見せられたらいいな、それが刀のように見えるのかな、と思っていました。

彼らの刀としての美しさと鋭さを魅せるために、こだわったのが光と影、です。僕はコマーシャルの演出をしていたので、商品の物撮りもしていたのですが、撮影するのがいちばん難しいのが金属なんです。それだけで一日がかりになることもありますし。今回はそういう思いで彼らを撮る、そう決めていました。なので、この人がいちばん美しく見えるのは、太陽がこの角度にあるときだから、そのときに撮る、と脚本上の時間設定にはあまりとらわれずに撮影しました。河原のシーンも、光の方向だけで選んだ場所です(笑)。

室内だと、信長と三日月が最後に対峙するシーンは外からの斜光で、フェルメールの絵画のように見せたい、と思って狙って撮っています。時代劇ではあまり行われていないかもしれませんが、西洋絵画的な手法で撮影した場面がいくつかあります。審神者の部屋で三日月と対面しているシーンも、あえてシンメトリーにカットバック（交互に映す）することで、画面の奥行きが感じられるように、絵がきれいに見えることを心がけました。

あと撮影の技術的なことでいえば、ドローンとステディカム（手持ち用に開

発されたカメラ）ですね。動いているカメラが臨場感、スケール感を出し、観客の高揚感を煽《あお》ると思います。そうそう、秀吉が見上げる空は僕が撮ったんですよ。ずっといい空がないなあと思っていたら、すべての撮影が終わったときに雲が割れて太陽が見えてきて、今だ、って。

それから、役者がいるところでは本当の火を燃やしています。場をちゃんとつくると、役者も演技をしやすいので。蘭丸の迫真の演技はまさに炎を背にしたからこそ、生まれたものです。安土城のシーンでは火が強くて、現場が煤《すす》だらけになりました。スタッフのマスクがみんな真っ黒でしたね(笑)。

最初に小林さんの脚本を拝読したとき、本能寺の変から安土城というミステリーの軸がすごく面白いと思いました。ただ、審神者と三日月の関係性をもう一歩深めたい、とも感じました。なので、代替わりをふたりだけの秘密にすることで、よりふたりの絆が描けるのではないかとお話ししました。ふたりともメンタルがおじいさんなので、ともすると過去に縛られがちなのですが、未来へ思いを託す、という共通の志をもつことで確かな関係性が生まれ、物語の軸になるのではないか、と。それを小林さんが「〜明日という歴史だ」という審神者のセリフに見事にまとめてくださったと思います。

刀剣男士にも僕たちにもそれぞれ過去がありますが、その過去があるからこそ、未来がある。だからこそ、過去を変えようとする時間遡行軍と戦うのではないか、と。過去に必要以上にとらわれることなく、否定することなく、それがあるからこそ、今と未来がつながっていく――。あのラストカットにはそんな思いを込めています。今と未来を見据えて、明日も頑張ってみようかなと、この映画を見終わったときにそう感じてもらえたら、うれしいですね。

■やくもさいじ／1976年 富山県生まれ。2014年『百瀬、こっちを向いて。』で映画監督デビュー。映画『MARS〜ただ、君を愛してる〜』『暗黒女子』、TVドラマ『東野圭吾「カッコウの卵は誰のもの」』のほか、CM、MV、ドキュメンタリーなど活躍は多岐に渡る。「NO MORE 映画泥棒」のマナーCMの演出を手がけ、今回の『映画刀剣乱舞』とのコラボマナーCMでも監督を務める。ROBOT所属。

甘

映画

刀剣乱舞

TOUKENRANBU

THE MOVIE

公式シナリオブック

2019年1月23日　初版第1刷発行

撮影　永田忠彦　江森康之　朝倉秀之（月写真）
デザイン　宮坂 淳（snowfall）
取材・文　高山美穂（P113）
校閲　出版クォリティーセンター　小学館クリエイティブ
制作　朝尾直丸　池田 靖　尾崎弘樹
宣伝　山田卓司　戸板麻子
販売　岸本信也
企画・編集　古澤 泉

協力　ニトロプラス　東宝　東北新社
オウサム　トキエンタテインメント　アイズ　ルビーパレード
G-STAR.PRO　オスカープロモーション　GVM
スターダストプロモーション

Special thanks　大暮理奈　東 幸司　伊達 毅　弭間友子　大槻裕司

監修　「映画刀剣乱舞」製作委員会

発行者　浅井 認
発行所　株式会社 小学館
〒101-8001
東京都千代田区一ツ橋2-3-1
☎03·3230·5304（編集）　☎03·5281·3555（販売）
印刷所　凸版印刷株式会社
製本所　株式会社若林製本工場

Printed in Japan

ISBN978-4-09-386533-3

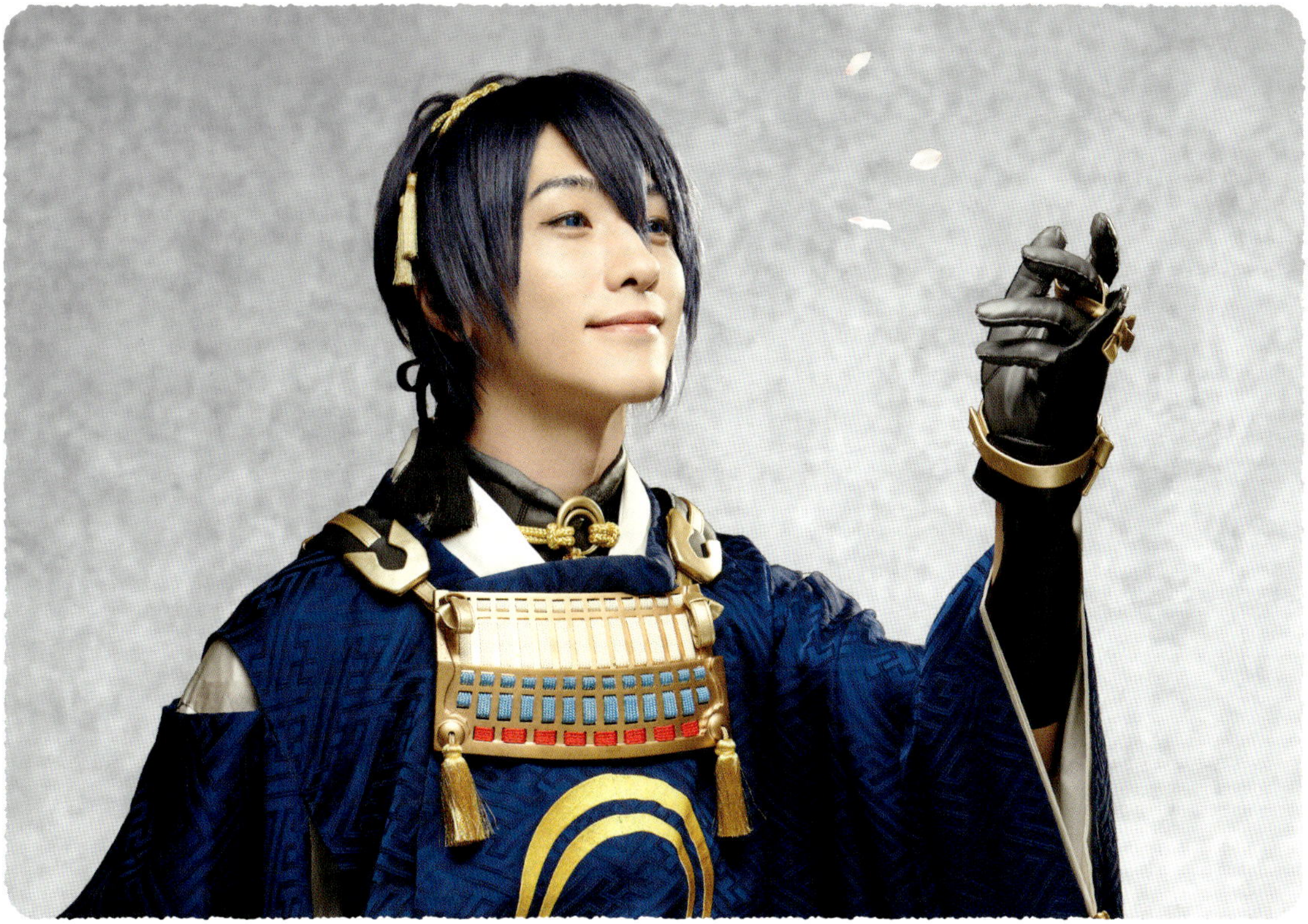

ハサミで切り取ってお使いください

特別付録：「映画刀剣乱舞 公式シナリオブック」特製ポストカード

POSTCARD

切手を
お貼りください

映画
刀剣乱舞
TOUKENRANBU
THE MOVIE
公式シナリオブック

POSTCARD

切手を
お貼りください

映画
刀剣乱舞
TOUKENRANBU
THE MOVIE
公式シナリオブック

©2019「映画刀剣乱舞」製作委員会　©2015-2019 DMM GAMES / Nitroplus